魔女の血族 [illegible]の蜜月

西野花
HANA NISHINO

Illustration
笠井あゆみ

SLASH
B-BOY NOVELS

この物語はフィクションであり、実際の人物・団体・事件等とは、一切関係ありません。

CONTENTS

魔女の血族

運命の蜜月

夢の中で、これは夢だ、と気づくことがある。

司《つかさ》が今見ている夢がそうだった。誰もいない森。遠くで水の音が聞こえる。川の流れる音ではない。寄せては返す波の音。微《かす》かにかもめらしき鳥の鳴く声。向こう側には、海があるのだろうか。

司は木立の中に立っていて、あたりは白く霧がかかっていた。不思議な気持ちでゆっくりと歩いていると、前方に人影が見える。男だ。司の記憶にはない男で、どうやら外国人らしい。男は少し険しい表情をしていて、司のことをじっと見ていた。その視線の鋭さにどきりとすると、男は司に背を向けて歩き出した。その先にもう一人誰かがいる。その人物の顔は見えなかった。

(――――誰だ?)

なんとはなしに胸がざわめく。この夢は司に、何か警告を与えようとしているのだろうか。もっとよく見ようとしたところで、まるで波に足がさらわれるように、急速に身体が遠ざかっていく。上下の感覚がわからなくなり、思わず目をきつく閉じてしまったところで、司の意識は反転した。

「では、この蠟燭《ろうそく》に火をつけてみてくれ」

浅葱《あさぎ》祥平《しょうへい》にそう言われて、宇市《ういち》司はためらい、彼の顔を見た。

「君ならできるはずだ。さあ」

浅葱の理知的で端整な顔にある瞳は、今はある種の探究心にあふれている。それはこちらのことを底の底まで暴きたいという欲求に満ちていた。司はこの瞳に弱い。これまでに何度もこの瞳に呑み込まれ、隠しておきたいすべてを暴かれてしまっている。

「……」

司はテーブルの上に置かれた蠟燭に視線を戻し、それからあたりを見回した。司の通う大学の准教授である彼の専攻は西洋史で、特に魔女の研究に取り組んでいる。その界隈《かいわい》では、ちょっとした高名な人物であるらしい。

浅葱の研究室でもあるこの部屋には、床に積み上げられた本や用途のわからない道具、それから獣の骨を象《かたど》った薄気味の悪い置物などが所狭しと並べられていた。それは、目の前の、研究者というよりは、まるで映画に出てくる俳優のような隙のない容姿をした彼からはちょっと信じられないような取り合わせだった。

けれど司は知っている。この浅葱祥平という男が、魔女という存在にどれだけ取り憑《つ》かれているのかを。

「ここだと、失敗した時に危ないです」

司は魔女だ。それも原始の魔女の血を引く特別な魔女。ちなみに、性別が男であっても魔女と呼称するのだと、司は彼の講義で知った。

この力に目覚めたのは、浅葱と出会ってからだった。彼は司が魔女であるということを、あらかじめわかっていたのだ。浅葱によってその力を引き出された司は、予知の力を持つことと、火を操れることを知った。だが、その能力はまだ自在に操れるとは言いがたい。そもそも力というものは、思い切り放出するよりも加減するほうが難しい。こんなに燃えやすいものが集まっている部屋でもし火の加減を誤《あやま》れば、最悪、火災を起こしかねない。

「大丈夫だよ。僕がついている」

それなのに浅葱は、何も心配をしていないふうに見えた。

司は未だに、浅葱が何を考えているのかわからない時がある。もともとエキセントリックなところがある浅葱だったが、その端整で男ぶりのいい容姿と紳士的な立ち居振る舞いで学内では、特に女子学生からの人気は高かった。

司もまた、そんな彼に淡い憧《あこが》れを抱き、遠くから眺めている日々だったが、ある日浅葱からのアプローチで彼と食事をすることになり、その夜に強引に抱かれた。いや、あれは――抱かれたなどというものじゃない。

司は卑猥《ひわい》な淫具を使われ、初めてであったにもかかわらず、快楽の泥沼に堕《お》とされた。憎んでもいいはずだった。それなのに、司は彼に肉体を虐《いじ》められれば虐められるほど、浅葱にひどく惹《ひ》かれていった。まるで悪魔のようだとすら思った。

「君の魔女の力は、以前よりもかなりコントロールできるようになっているはずだ。教会は早く君のデータを寄こせなどと言ってはいるが、あんなことがあった以上、彼らはこちらに強くは出られない。焦《あせ》ることはないよ。納得のいくように力を身につけていけばいい。だがそのためには、何事も修練を積まないとね」

そう、浅葱は悪魔的な魅力を持つ男だが、悪魔ではなかった。それどころか、欧州に拠点を持つ、魔女の力の研究と保護を目的とした組織『教会』の一員、それも『司祭』という高位にいる男だったのだ。

「……わかりました。やってみます」

浅葱は司のことを、自分の魔女にするのだと言った。それが何を意味するのか、司には未だわからないところがある。けれど彼は、司に「離さない」と囁いた。それだけでいいと思ってしまった自分は愚かなのだろうか。

頭に纏わりつく雑念を振り払い、司はテーブルに置かれた一本の蠟燭に意識を集中させる。

火のついていない芯が視界に入った。

これに、火をつける。

司はこれまで発火能力を発揮した時、意識して行ったことはなかった。少し前に廃教会を丸ごと焼いたことがあったが、その時の記憶が今は曖昧《あいまい》になっている。自分でも、よくない記憶だとうっすら認識しているからだ。

「生き物は手足を動かす時にわざわざ意識したりはしないだろう。だから火をつけよう、と強く思わなくともいいよ。自分にはそれができるのだと信じて、念じてごらん」

浅葱はさらりととても難しいことを言う。司はよけいに混乱しながら、どうにかしてあの時の感覚を思い出そうと努めた。

意識の奥の扉を開ける。そこには自分の秘められた力があって、脳神経とそれが繋がる様をイメージする。しばらくすると、身体の奥から何かがふわりとあふれ出るような感覚がした。

「あ」

思わず、小さな声が漏れた。目の前の蠟燭の芯が、ちりり、と焦《こ》げつく。

――――できた。

そう思った次の瞬間だった。蠟燭は目の前で大きく燃え上がり、みるみる熱せられて熔け崩れていく。

「────っ」

喘ぐように大きく息をついた司は、失敗を悟り、恥じ入ったように目を伏せた。蠟燭は今やすっかり形をなくし、皿の上で液状になっている。火をつけるだけだったのに、熔かしてしまっては意味がない。浅葱はきっと、失望しただろう。

「すみませ────」

「素晴らしい」

てっきりがっかりされると思ったのに、浅葱は司が蠟燭を熔かしてしまったのを見て褒めた。

「司はちゃんと火を出して蠟燭を燃やした。能力を正しく使えたんだ」

「で、でも、熔かしてしまいました」

「なに、今はこれだけできれば上等さ」

浅葱は普段落ち着いている声のトーンを僅《わず》かに上げて司を肯定《こうてい》する。それだけで、気持ちが上を向くのを感じた。

浅葱には、指導者としての才が確かにある。彼は本気で司を一人前の魔女に仕立てるつもりなのだ。

――けれど、もし俺に魔女の血が流れていなかったら？

そんな思いがふと顔を覗《のぞ》かせる。司は慌ててその考えを消去した。その問いは意味のないことだと、以前に浅葱は言っている。

でも、本当にそれは意味のないことなのだろうか。

「司？」

「あ、はい」

名を呼ばれ、司は視線を上げて浅葱を見る。こちらを探るように見つめている彼の謎めいた眼《まな》差《ざ》しに捕らえられ、どきりと胸が高鳴った。

「君の力は本物だ。あとはそれを、自在にコントロールするのが課題だ」

「……ずいぶん難しいことのように、俺には思えます」

司は今になっても、自分の中に眠る力のことがよくわからない。魔女であることを受け入れはしたが、何をどうしたらいいのか右往左往《うおうさおう》している状態だ。

「その能力は、君をなすべきことへと導くだろう」

浅葱はまるで予言するように告げる。彼のほうが、人ならざる力を持っているかのようだった。

「なすべき、こと」

浅葱の言葉をなぞるように司は呟《つぶや》く。つい先日までごく普通の大学生として過ごしていた自分がなすべきこととは、なんだろう。

怖い、とも思う。けれど浅葱が側《そば》にいてくれるのなら、それも乗り越えられる気がした。

「心配ない。僕がいる」

浅葱はまるで司の心を読み取ったように答える。

ふと彼は腕を伸ばし、テーブル越しに司の髪に触れた。さらりとした黒髪が、浅葱の指から零《こぼ》れる。

「今週末も、来られるだろう？」

「……はい」

ここのところはずっと、何か用事でもない限り、司は浅葱のマンションで週末を過ごしていた。

そこで繰り広げられる行為を思い出して、思わず顔が赤らんでしまう。そんな司を目の前にして、浅葱がくすりと笑いを漏らす気配がした。

「楽しみだよ」

浅葱が腰を上げ、身体をこちらに近づけてくる。口づけをされる。そう思った途端《とたん》、司は反射的に目を閉じていた。

「……んっ」

浅葱の唇が重なってくる。どこか酷薄《こくはく》な印象があるのに、彼の唇は熱かった。

もう通い慣れた浅葱のマンションのエントランスで、渡された鍵でオートロックを解除し、エレベーターを呼ぶ。ドアが開いたところで、同じマンションの住人らしき、品のいい年配の女性と一緒になった。

「こんにちは」

「こんにちは」

女性が丁寧に挨拶《あいさつ》をしてきたので、司も頭を下げて挨拶を返す。

「何階ですか？」

「七階です。ありがとうね」

司は浅葱の部屋のひとつ下の階数ボタンを押した。やがて七階に着くと、女性は司に会釈《えしゃく》してエレベーターを降りていく。そんな動作をしていると、これから浅葱の部屋に行って、そこで行われることを想像して少し後ろめたくなった。

（別に、悪いことをしているわけじゃないけど）

別に誰を裏切っているわけでもない。同性同士ではあるけれど、特に許されないわけでもない。

あえて言うならば大学の教員とその学生という点だが、自由恋愛の範疇《はんちゅう》だと、浅葱が笑い飛ばしていた。

そんなふうに自分に言い訳をしながら彼の許《もと》に通っていることに気づき、司は自嘲《じちょう》したように唇を歪める。

浅葱のことは好きだ。最初は淡い思慕のようなものだったのに、彼に抱かれ、魔女の本性を引きずり出されるようになってから、自分の感情の奥底のほうから、どうしようもなく引きつけられていくのを感じている。けれどそれは憧れとか、単に側にいたいとか、そんな綺麗《きれい》なものだけではなかった。浅葱は、司が自分自身の中にこんなものが眠っていたとは知らなかったほどの肉欲をも目の前に突きつけてきた。

浅葱に抱かれると、司は自分の理性のコントロールが一瞬で奪われていくのを自覚する。それは多分、初めて彼に抱かれた時からだ。その快楽は決して嫌ではないのに、彼に触れられるのは嬉しいのに、羞恥と居たたまれなさ、そして後ろめたさに、司は未だに懊悩《おうのう》している。

(だから魔女の力をうまく使えないのかな)

君の中に眠る力はとても大きなものだ。それをどう使うかは君の気持ちひとつなんだよ。

浅葱は司にそう言った。彼は司の力が眠る箱の蓋《ふた》をこじ開けた。あとは司がどう向き合うかだ。

(がんばろう。先生にがっかりされないために)

以前、浅葱に訊《たず》ねたことがある。もし自分が魔女の血を引いていなかったとしたら、先生は俺に興味を持ったか、と。

浅葱は、それは意味のない問いだと答えた。確かにそうなのだろう。優しいところが好きになった、という人間に対し、もし優しくなかったらどうする、と聞いているようなものだ。子供が駄々《だだ》をこねているようなことを聞いてしまったと、後で司は恥ずかしくなった。

それでも、そのことだけがどうしても心に引っかかっている。

浅葱にとって『魔女』とは特別な存在だ。彼が昔から追い求めていたもの。

それが司自身であったことは、むしろ喜ぶべきことなのに。

(これは俺のわがままなのかもしれない)

この貪欲さも、魔女であるが故《ゆえ》なのだろうか。司は苦笑いをしながら、辿《たど》り着いた浅葱の部屋のチャイムを押した。数秒もかからずに、目の前の扉が開く。

「やあ。待ってたよ」

「……こんばんは」

今週は土曜に講義が入っていなかったので、司は金曜日の夜に浅葱の部屋を訪れた。大学では、いつも隙のないスーツ姿でいる彼は、今はラフなニットのセーターを着ている。彼の家に招き入れられた司は、キッチンからいい匂いが漂っていることに気がついた。

「ポトフですか」

「ああ、君好きだろう？」

浅葱は司をよく美味《うま》い店に連れて行ってくれるが、自分で振る舞う料理の腕もなかなかのものだ。中でも司は彼の作るポトフが好物で、浅葱は「こんな簡単なものでいいのなら」とよく作ってくれる。他にもテーブルの上にはきのことベーコンのキッシュとサラダ、パン、カプレーゼ等が並んでいる。それを見た途端空腹だったことを思い出し、促《うなが》されるままに食卓に着いた。

目の前のグラスに、血のような真っ赤なワインが注がれる。芳醇《ほうじゅん》な香りが鼻をくすぐった。

「素晴らしい週末に、乾杯」

外国での暮らしが長い浅葱が言うと、そんな言葉も気障《きざ》に感じない。司は夢のような気分で軽くグラスの縁を触れ合わせた。

「ポトフの煮込み具合はどうかな」

「今日もすごくおいしいです」

「ならよかった。たくさん食べてくれ」

浅葱は司のグラスにワインを注ぎ足す。こうして彼と夕食を共にするのは、単純に楽しい。浅葱の話は、話題は多少偏《かたよ》っているものの、司にとっても興味深いものだったし、彼の低く深い声は心地よい。そういえば、彼は催眠療法にも覚えがあるらしいが、この声で誘導されてしまったら、簡単に引き込まれてしまうだろう。

「先生は料理もすごく上手《うま》いですけど、いつも作ってもらうのはなんだか申し訳ない気がします」

「そんなことは気にしなくていいんだよ」

「でも……」

「司、いいかい」

浅葱はちょっと悪戯《いたずら》っぽい笑みを浮かべて、やや身を乗り出してきた。

「生き物というのは、食べたものでできている。僕の作ったものを君が食べて、それは君を構成する糧《かて》となる。それが司の血肉となるということに、僕は興奮を覚えるんだ」

「……」

浅葱の言葉に、司は言葉を失う。そんなことを考えていたなんて思わなかった。浅葱という男は好奇心の塊《かたまり》のようであり、自分の欲求に素直でそれを悪びれない。司はエキセントリックとも言えるそんな彼の言動にしばしば振り回される時があったが、それが彼の魅力のひとつであるということも感じていた。

「ま、またそんな、変なこと言わないでください」

だから司は頰を赤《あか》くして視線を逸《そ》らしてしまう。

（そう言えば）

司は以前に見た、なんとなく気になった夢のことを彼に打ち明けてみようかと考えた。

あの、森の中での人物の夢だ。

だが、あの夢を見たのはあれ一度きりだ。本当に単なる妙な夢だったのかもしれない。司にとって、夢とは時として重要な意味を表す。魔女である司が見る夢は、しばしば予知が姿を変えたものとして見ることがあった。そして未だ未熟な魔女である司には、それが単なる夢なのか、それともこれから起こることの予告であるのか、区別するのは難しい。

「……あの」

「うん？」

柔らかな笑みと共に返事をされた時、司の言葉が止まった。

もしもなんでもないただの夢だったなら、彼をまたがっかりさせてしまうかもしれない。

（今はやめておこう）

少なくとも、この心地のいい時間が中断されるのは嫌だった。

浅葱の期待に応《こた》えられるような魔女になりたい。彼にもそう思って欲しい。

司はいつの間にか、そんなことを思うようになっていたのだった。

「先にシャワーを浴びてきなさい」

「あ、はい」

浅葱の言葉に、司はどきりとする。何度言われても未だに慣れない。浅葱との関係は、彼からの強引な行為によって始まった。司は彼に抱かれ、暴かれ、淫らな本性を曝《さら》け出されて、快楽に弱いことを思い知らされた。ついさっきまでの穏やかな時間は終わり、ここからは欲望に従順になれと宣言されているような気がする。

それでも司は、それが嫌ではない。ぎくしゃくとしながらもソファから立ち上がり、浴室へと向かう。洗面所から繋がるそこは、リネンの類いもきちんと用意され、風呂場に入ると石鹸のいい香りがした。これも、浅葱が司の好みに合わせて揃《そろ》えてくれたものだ。甘く官能的な香りに肌を包まれながら身体を洗い、これまたいい匂いのする入浴剤が入れられた湯舟に浸かる。浅葱のマンションのバスタブは大きくて、ゆったりと手足を伸ばして入ることができた。心地よさに思わずため息が漏れる。

こんなふうに、好きな人の家で寛げるなんて幸せかもしれない、と思った。

風呂から上がった司はペットボトルの水を飲みながら、寝室で雑誌を広げていた。魔女に関して造詣《ぞうけい》が深い浅葱の部屋には、外国で出されたその手のオカルトマニアが喜びそうな書物や雑誌がそこら中にあり、（うっかりすると浅葱自身が寄稿していたりする）司はもういい加減そういった光景に慣れてしまっていた。

今めくっているのは、アメリカの雑誌だった。英語で書かれている記事を拾い読みしていくが、専門用語が多くて少しわかりづらい。それでも、とあるページをめくった時に、目に飛び込んできた単語があった。

『Salem witch trials』

セイラム魔女裁判。１６００年代に、現在のアメリカニューイングランドのマサチューセッツ州で起こったとされる、有名な魔女裁判のことだ。司も概要だけは知っている。確かこの事件で、十九人の人間が処刑された。

「――――」

司の背にぞくりと冷たいものが走る。ここでも魔女とされる人達が殺された。おそらく、無実の罪によって。

自分の中の魔女の血が、恐怖と憤《いきどお》りによってざわめくのを感じた。遠い昔の出来事に司一人が心を痛めたとて、どうにもならないのに。そもそも司はつい数ヶ月前まで、自分が魔女の力を持っていることすら知らなかった。

そう思った時、寝室のドアがガチャリと開いて、バスローブ姿の浅葱が入ってきた。

「どうしたのかな？」

彼は司がベッドの上で広げていた雑誌に目を止め、穏やかに微笑む。

「何かおもしろい記事があったかな」

浅葱は司の隣に腰を下ろすと、優しく肩を抱き締めながら囁いた。

「うん？　セイレムの事件か」

「アメリカでも、こんなことがあったんですね」

「そうだね。魔女とされた者は全員縛り首になった。ヨーロッパの惨憺《さんたん》たる魔女狩りに比べたら、だいぶ優しい気もするが」

「殺された人達は、そんなふうには思わないと思います」

どんな方法であれ、理不尽な死には変わりない。司がそんなふうに言うと、浅葱がふっ、とこちらを見る。

「……そうだね。君の言う通りだ」

浅葱は雑誌を押しやり、司のことをゆっくりと押し倒してきた。

「魔女達の無念に、君は寄り添うことができる」

それはとても素晴らしいことだよ、と浅葱は囁いた。

「君に魔女の才能の発露《はつろ》を見るたびに、僕は尊いものを目にしているような気持ちになる」

「……未熟な魔女でも？」

「未熟なものか！」

浅葱はとても意外なことを言われたような表情を見せる。

「司の力は途轍《とてつ》もなくすごいものだ。ただ、今はまだそれを制御できていないだけだよ。今から、僕と一緒にそれを鍛錬《たんれん》しよう」

「……鍛錬するって、こういうこと…、あっ…！」

するりとガウンの中に忍び込んできた指先で乳首を摘《つま》まれて、司は甘い声を上げた。

「魔女の本質は奔放《ほんぽう》な欲望。教えただろう？」

司の中には淫らな衝動がある。浅葱に引きずり出されて認めざるを得なかったものだ。それを飼い馴《な》らすことが力を伸ばすことにも繋がると、浅葱は言った。

魔女を管理し研究することを目的としている組織の中で、高位の司祭とされる彼の言うことに間違いはないのだろう。司も浅葱のことを信頼している。ずっと離さないと、誓ってくれたから。

「ああ…先生っ…」

浅葱に触れられると、身体がそこから蕩《とろ》けていってしまいそうになる。初めての時から、ずっとそうだった。

「可愛いよ、司。僕の魔女」

「ふぁ、あ」

耳の中に低い囁きを送り込まれると、腰から背中にかけて官能の波が舐め上げてくる。肌がぞくぞくとわななき、司の心と身体に一気に発情のスイッチが入った。浅葱の指先は司の乳首を捕らえ、優しく転がして弄《いじ》ってくる。

「う、ふ…う、あぁ、ん…っ」

ゆっくりと撫でられ、時に押し潰され、爪の先でカリカリと引っ掻かれると我慢ができなくなった。司は組み伏せられたベッドの上で震えながら、浅葱の前で喉を反らす。

「あは、あっ！」

するとうなじに食いつかれ、首筋を強く吸われて、身体の真っ芯を快感が貫いた。刺激と興奮に見舞われて、司の目尻に涙が浮かぶ。濡れた目元を舌先が辿り、次には唇を深く塞がれた。

「……ン、あ、ふ…ぁ」

浅葱の肉厚な舌が口腔《こうこう》内を我が物顔で這い回る。敏感な粘膜を舐め上げられると身体中がぞくぞくとしてしまって、もう駄目だった。突き出した舌を吸われながら、司は鼻から抜けるように、甘く呻《うめ》く。

（あ、気持ちいい……っ）

きっともう、自分はひどくいやらしい顔をしている。絡ませた舌がぴちゃぴちゃと立てる音が頭蓋《とうがい》に響いて、司を淫らな気持ちにさせた。その時、浅葱の下半身がぐっ、と押しつけられ、彼の熱塊《ねっかい》と司のそれが擦れ合う。

「んあぁっ」

腰の奥が熱くなって、頭の芯がじん、と痺れそうになった。我慢できなくて腰が動いてしまう。

「…すごいな。もうこんなに濡れてる」

「あっ、あっ」

浅葱が指摘したのは、司の股間のものの昂《たか》ぶりようだった。まだほんの少し触られてキスをされただけだというのに、そこはもうめいっぱい勃起してしまって、先端を愛液で濡らしている。

「ほら、ここ…、ぬるぬるする」

けれど隆起しているといえば浅葱も同じだった。彼の知的で紳士的な見かけとはうらはらに、その男性自身は凶悪で威容を誇っている。長大で逞《たくま》しい男根は、司のものを意地悪く擦り上げてきた。裏筋同士が刺激し合う快感に、司はたやすく取り乱してしまう。

「あぁあ、あぅう…っ、っ、せんせぃ…っ、恥ずかしい…っ」

勝手に両足が開いてしまう羞恥に、身体が焦げつきそうだった。司は啜《すす》り泣くように訴え、両腕で顔を隠そうとする。けれど浅葱に両手首を捕らえられ、シーツの上に縫い止められた。

「駄目だよ。いやらしい顔を見せてごらん」

「あんんっ、んっ、んぅぅ…っ」

感じてよがる顔を、浅葱にすべて見られてしまう。あまりの羞恥に、頭の中がぼうっとしてきた。違う。これは興奮しているのだ。浅葱に恥ずかしいことをされて昂ぶっている。

触れ合った互いの股間からは、くちゅくちゅという淫らな音が響いていた。浅葱のもので自身を嬲《なぶ》られる快感に、腰が勝手に動いてしまう。

「あ、はっ…、んん、あぁ…っ、せ、んせいの、熱い…っ」

「司のものもとても熱いよ」

先端から愛液を零す股間のものは、次第にもっと強い刺激を欲してきた。緩やかな浅葱の動きが焦れったくて、時折我慢できずにはしたなく腰を振り立ててしまう。だが浅葱はそんな司を優しくたしなめた。

「こら。駄目だよ司。じっとしていなさい」

「や…っ、あっ、あっ、無理…ぃ」

腰が勝手に動いてしまうのだから、どうしようもない。浅葱だってそんな司のことはわかっているはずなのに。

「我慢するんだ。勝手にイったりしてもいけないよ」

「え…っ、ああっ、どうし、て…っ」

浅葱は司を刺激している自身の動きをぴたりと止めた。急に取り上げられた刺激にうろたえた声を上げた司は、今度はガウンの紐で両手首を一纏めにベッドに縛りつけられる。

「あっ、先生…っ」

「快楽を制御することは、魔女の力を制御することにも繋がる。今夜はそれを徹底的にやってみようか」

浅葱は自分の身体の下で自由を奪われた司を見下ろすと、満足げに額に垂れた前髪をかき上げた。そんな彼を見て、司は自分の今夜の運命を知る。

「や…嫌だ、先生、ひどいこと、しないで…っ」

「ひどいこと? 僕が君にひどいことをしたことはないだろう。いつも気持ちのいいことしかしていない。君はそれを我慢しているだけでいいんだ。苦痛を我慢するよりはずっとたやすいはずだよ」

浅葱はしれっとそんなふうに言ってのけた。これまで彼は、司を縛り上げて淫具で責め立てたり、暴力のような快楽で打ちのめしたりということをたびたびしてきたが、どうもそれはひどいことではないらしい。確かに苦痛を与えられたことは一度もないが、しかしだからと言って――。

「が、我慢なんか、できません…」

司は嫌々とかぶりを振りながら訴えた。けれど浅葱は、そんな司を見てふふ、と笑う。

「いつもなら君の言うことは聞いてあげたいけれどね。あいにくと今日はそんなわけにはいかないんだ」

楽しそうな彼の様子に、司はああ…、と、甘い絶望のため息をついた。きっとこの後、彼は司が泣き喚《わめ》いても、責める手を緩める気はないのだろう。けれどそれを悦《よろこ》びと感じてしまう自分もいる。司の中には被虐《ひぎゃく》の欲望があって、浅葱によってそれを引きずり出された。

「焦らされるのも好きだろう。ほら、ここも興奮して尖っている」

浅葱は司の胸の上でぷつんと勃ち上がっている小さな突起を指先で転がす。

「ああっ」

胸の先から甘く痺れる快感が広がった。司の乳首は敏感で、ほんの少し弄られるだけでも耐えられない。浅葱がいつも執拗《しつよう》にそこを可愛がってきたからだ。両の乳首を親指の先で弾かれ、転がされて、残りの指でこれまた鋭敏な脇を虐められる。快感とくすぐったさがないまぜになり、司は正気を失ったように喘いだ。

「ああ、はあっ、や、あんっ…んんっ、んー…っ」

全身がびくびくと跳ねる。時折きゅうっ、と乳首を摘まれ、くりくりと揉まれるのもたまらなかった。乳首から腰の奥へと快楽が繋がり、引き絞られるような疼《うず》きに悶《もだ》える。司の足の間のものはめいっぱい反り返って、苦しそうに震えていた。触って欲しいのだ。

「乳首が気持ちいい？」

「あ…っ、ん、い…いぃ…っ」

「君は乳首でもイけるからな…。ここもこのくらいにしておこうか」

浅葱はそう言うと、膨らんだ乳暈《にゅううん》から指先を離してしまう。また取り上げられた快感に、司は悲鳴じみた声を上げた。

「あ――…っ、やっ、あぁあ、やめな…でぇ…っ」

「駄目駄目、我慢我慢…」

浅葱は優しい声で司を宥《なだ》めて、腋《わき》の下にじっくりと指を這わせる。

「あっひっ、ひゃうっ」

彼の指先は残酷に司の全身を這い回っていった。脇腹から腰骨を何度も往復し、下腹をまさぐり、腰骨を愛撫する。震えが止まらなくなるほどに感じさせられているのに、その快感はもどかしくて、なかなか頂点に行けない。それでも何かの拍子で駆け上がれそうな感覚を見つけるも、そのたびに浅葱に「我慢して」と言われると、司の肉体はその刺激を堪《こら》えてしまう。彼の言葉は、まるで呪いのようだった。浅葱の許しがないと、達することさえできない。

「あう、う…っ、ああっ、ああっ…」

司はひくひくと身体をわななかせながら、肉体をとろ火で炙《あぶ》られる快楽に耐えていた。その双丘の奥は、ひっきりなしに収縮を繰り返している。浅葱の指がそこを押し開いていった。

「あっ」

「ここに入れられても、我慢しているんだよ」

「やっ、そんな、できな…っ、あっ、んんあぁ…っ」

浅葱の指が、ゆっくりと後孔を押し開いていく。媚肉を擦られる刺激に、司はたちまちのぼりつめそうになった。けれど最後のラインで、必死で耐えてしまう。彼の指が浅い場所を刺激するように動いていくと、勝手に強く締め上げた。

「イかないように我慢しているの、えらいね。ここ、気持ちいいところだろう?」

浅葱の指の腹が、司の泣き所のひとつを押す。びくん、と背中が浮き上がった。

「あっ…、あっ…!」

「いつもならもう何回もイっているだろうに…、一生懸命がんばって、君は本当に健気《けなげ》で可愛いね」

先生が我慢していろって言ったんじゃないか。司はそう言おうとしたが、口から出るのは卑猥な喘ぎ声ばかりだった。浅葱はそんな司の股間に顔を近づけ、さっきから屹立して放っておかれているものを舌先でそっと舐め上げる。

「んううぅっ」

裏筋をちろちろと舐め上げられて、やっと欲しかった刺激を与えられて、司は大きく仰《の》け反った。だが、足りない。彼の舌は先端のほうへは行かず、その口淫も、羽根のように柔らかなものだった。

「あ…っ、あ——……っ」

司の反った喉から、泣き叫ぶような声が上がる。

「も…っ、もう、我慢できない…っ、先生、お願い…っ、焦らすの、も、嫌だ……っ」

心からの哀願だった。これ以上生殺しの快感で責められたら、もうどうにかなってしまう。司は啜り泣きながら腰を揺らし、浅葱の前で痴態《ちたい》を見せた。

「もう耐えられない？」

「……っ」

浅葱の問いかけに、司は涙目でこくこくと頷《うなず》く。なんでもするから、思いっ切り感じさせて、イかせて欲しかった。

「仕方のない子だ。これは魔女の修業だと言うのに」

「…っ、ごめんなさ…っ」

「いいよ。よくがんばったね」

それでも浅葱は比較的あっさりと許してくれた。おそらく満足したのだろう。彼は優しいが、容赦のないところがあって、興《きょう》がのれば司がどんなに懇願してもやめてくれない時がある。最初の頃は彼のことを司を取り込む魅惑的な悪魔ではないかと思っていたが、今も時々そう思うことがあった。まさに今のような時だ。

後孔から浅葱の指が抜かれ、最奥《さいおう》を大きく押し広げられる。彼の凶器が入り口に押し当てられたかと思うと、それは遠慮なしに押し這入ってきた。

「……っあ、あっ、あぁぁああ」

こじ開けられる快感に、全身が粟立《あわだ》つ。肉洞をいっぱいにされ、擦られる愉悦に、下腹の奥がじゅわじゅわと痺れていった。そしてそんな快感に、今の司は耐えられない。

「あっ、あ———…っ、〜〜っ、っ！」

そそり立っていた司のものの先端から、白蜜がびゅくびゅくと噴き上がった。待ち望んだ絶頂に、頭の中が真っ白になる。

「ああっ！　イっ…く、ああっ、イくぅ…っ」

力強い抽挿《ちゅうそう》が、司の入り口から奥までを責め立てていった。感じる粘膜をすべて擦られ、突き上げられて、たまったものではない。それなのに、浅葱の右手が、司の股間で濡れそぼちながら揺れているものを握り込み、律動と同時に扱《しご》き立ててくる。

「あっ、ひぃっ！　あぁああっ」

さっきまでとは打って変わった強烈な刺激を与えられ、どうしていいのかわからない。前と後ろの快感がひとつになって、体内で恐ろしいほどの官能の波となって司を呑み込もうとしている。

「ああっ…、ま、またイく、イっちゃ…っ、んあぁあんんっ」

司はこれまでの分を取り戻すかのように、何度も絶頂に達した。こうして欲しかったのだろうと前を扱かれ、後ろも深く突き上げられると、身体が暴走したように言うことを聞かない。

「あっ…あっ、せんせい…っ、気持ち、いい……っ」

蕩けた表情と淫らな言葉で訴えると、額に汗した浅葱が息を乱しながら困ったように笑った。

「君は僕のことを本当によく引っ掻き回すよ」

司には彼の言っていることの意味がよくわからなかった。頭がうまく働かないというのもあるが、相手に翻弄されているのは自分のほうなのに。

浅葱の手が司の手首の縛《いまし》めを解く。力の入らない腕を彼に伸ばすと、浅葱は強く抱き締めて口づけをくれた。

「ぁう…っんん…っ」

繋がったままでねっとりと舌を絡め合い、全身が燃え上がりそうになる。同時に、司は胸の中が甘苦しい思いでいっぱいになるのを感じた。

「ああ――…、先生…っ」

「可愛いよ、司……」

僕の魔女、と彼は続けた。司の奥で、浅葱が大きく脈打つ。次の瞬間、内奥が灼《や》けるような熱さを感じた。浅葱が司の中に精を叩きつけたのだ。

「あっ…！　あ――…っ」

彼の迸《ほとばし》りを受け、肉洞が嬉しそうに収縮する。引きずられるようにして何度目かの絶頂を迎えた司は、そのまま闇の中に沈み込むようにして意識を失った。


司は自分が森の中に立っていることに気づいた。薄く靄《もや》のかかった景色。遠くで聞こえる海の音。

――ここは。

夢だ。

自分はまた同じ夢を見ているのだと気づく。以前に見た夢の中にいた男も、同じ場所にいた。今度は、前よりもはっきりと男の顔が認識できる。

(誰なんだろう)

司がそう思った時、ふいに男がこちらを見た。その瞬間、司はどきりとする。男は司に向かって手を伸ばし、何かを言おうと口を開いた。反射的に後ずさって足を引くと、そこにあるべきはずの地面がない。

(あ――――)

落ちていく。浮遊感に呑まれながら、司の意識はまた途切《とぎ》れていった。

「――――っ」

軽く揺り動かされ、司は息を呑むようにして目を開けた。

「――大丈夫かい? 少しうなされていた」

夢から覚めたのだとわかって、目線を動かしてあたりを見回す。司は裸のままで、浅葱のベッドに横たわっていた。覗き込んでいる彼はその脇に腰掛け、部屋着を身につけている。間接照明の柔らかな明かりが寝室を照らしていた。

「……今、何時ですか」

「もうすぐ二時になるところだよ。水を飲むかい？」

司が頷くと、彼は手元の水のボトルを渡してくれた。起き上がって冷たいそれを喉に流し込むと、意識がクリアになってくる。浅葱は司がうなされていたと言った。ではあれは、悪夢だったのだろうか。

「すみません。起こしちゃいましたか」

「少し資料の整理をしようと思って、ちょうど起きていたところだよ」

浅葱は寝室の隅に置かれた長机を見やる。そこは、書斎とは別に、浅葱が寝室に本やパソコンを持ち込んでデータの確認や論文の執筆などをするための場所で、今も彼は眠る司の側で何か作業をしていたのだろう。

「……最近、妙な夢を見るんです。これが魔女の力によるものなのかどうか自信がなかったので、話さなかったんですけど」

「どんな？」

「知らない男の人が出てくるんです。外国人のようでした」

浅葱はふむ、と息をついて、少し考えるような表情を見せた。それから裸の司の肩にガウンを羽織らせ、腰を上げる。

「飲み物を用意するから、シャワーを浴びておいで。――――話を聞こう」

司がシャワーを浴びて情事の名残《なごり》を洗い流し、寝室に戻ってくると、浅葱は机に座ってパソコンの画面を見ていた。彼が手で指し示すままに隣に座ると、ミルクの入った紅茶のマグが置かれる。礼を言って口をつけると、ほのかに甘い味がした。

「夢に出てきたのは、外国人だと言ったね。髪の色は？」

「金髪でした」

浅葱はキーボードを操作する。

「君が夢で見たのは、もしかしてこの男のことか？」

画面に映し出された画像を見て、司は思わず瞠目《どうもく》した。そこには、夢に出てきたあの男がいた。

「この人だと思います――――。誰なんですか？」

「ジェイク・アダムス。聞いたことないかい？」

告げられた名前を、司は頭で反芻《はんすう》する。どこかで聞いたことがあるような気がするが、思い出せない。

「最近アメリカから来た英語講師だ。君は彼の講義をとってないから、覚えていないかもしれないな」

「うちの大学の？」

「そうだ。最近君の近くに現れたであろう人間をまず当たってみようと思ったんだが、外国人と聞いてまず彼が浮かんだ」

「……」

実は同じ大学にいる人間だったと聞いて、司は困惑した。気恥ずかしい思いが込み上げてくる。

「じゃあ…、別に予知とか、何かの暗示とか、そういうものではないのかもしれないですね」

「何故？」

「同じ大学にいるのなら、俺が覚えていなかっただけで、もしかしたらどこかで擦れ違っていたのかもしれない。それがたまたま無意識として夢で出てきただけなのかも……」

「その程度の認識で、君はうなされたりするのかい？」

そう言われてしまうとなんとも言えなかった。あれが悪夢だったという自覚は司にはない。だが、彼が近づいてきた時、司は逃げようとした。あの男に近づいて欲しくないと、夢の自分は思っていたのだろうか。

「先生は、この人と話したことがあるんですか？」

「多少はね。けれど、僕もそう顔を合わせることがない。挨拶程度だよ。興味もなかったしね」

「なんだか意外です」

「意外？」

「先生は、俺には、その…、好奇心旺盛なように見えたので」

「それは、僕が司に対して興味津々だからそう見えるんじゃないのかい？」

「えっ…」

ふいにそんなことを言われて、司はびっくりした。浅葱がこちらに悪戯っぽい目線を向けて笑うので、思わず見惚れてしまう。彼に何をされても受け入れてしまうのは、こういう時があるからだ。

「はっきり言って僕はあまり他人に興味がない。魔女の存在を追い求めるので手一杯だ」

「…そうでしたね」

司は小さく笑って目を伏せる。そうだった。彼はいつも、魔女のことしか考えていない。だから司のことが目に入った。

司が魔女だったから。

「それはそうと」

浅葱は話を戻した。

「君がジェイク・アダムスのことを夢に見た件が、魔女の力によるものなのかも興味がある。けれど――――」

浅葱はそこで、司の腰をぐい、と引き寄せてきた。

「君が他の男の夢を見るということは、嫉妬《しっと》の対象になり得るがね」

「……っ」

耳元で囁かれる声に、鎮《しず》まったはずの熱が呼び起こされそうになる。浅葱という男は本当にずるい。魔女としての司に執着しているのかと思いきや、突然の直球でこちらを揺さぶってくる。

あまりそんなふうにしないで欲しい。期待を抱いてしまうから。

顔を近づけられ、口づけをされて、司はそれに応えるように瞼《まぶた》を閉じた。

魔女としての自分の力とちゃんと向き合いたい。

浅葱によって引き出されたこの能力に、最初は戸惑うばかりの司だったが、今は逃げずにきちんとコントロールしたいと思うようになったのは本当だ。だから彼が提案する実験や修業にも協力している。自分の中の知らない力に怯《おび》えているのは真っ平だった。無知につけ込まれ、痛い目に遭《あ》ったこともある。もうあんなことは遠慮したい。

司は相変わらず人気のない廊下を進み、浅葱の研究室をノックした。この時間は在室しているはずだ。ドアを開けると、見慣れた雑然とした部屋の中に浅葱がいた。デスクトップのパソコンの前に座り、画面を食い入るように見つめている。司が部屋に入ると、すぐに顔を上げてこちらを見た。

「やあ」

浅葱に手招きされるままに近づくと、彼はプリントアウトしたばかりの紙を司に手渡す。メールの文面を印刷したものらしい。

「…ドイツ語？　ちょっと、すぐには……」

すぐさま内容を把握できないことを遠慮がちに告げると、彼はかいつまんで説明してくれた。

「僕が所属している教会組織からのメールだよ。教会のことは知っているだろう？」

「はい」

浅葱が所属する組織は、本来は魔女の管理と保護を目的としており、その力を正しく把握し研究するのを是《ぜ》としている。以前、司を拉致し勝手に処刑しようとした男達はイレギュラーであり、造反者であるのだ。

「君と同じような魔女が、この近くにいるらしい」

「……本当ですか」

自分と同じ魔女の血を引いた者が他にもいる。前にも聞いた話だ。あの時は、その情報に踊らされて罠に嵌《は》まってしまった。

「その存在について、教会から要請があったよ」

教会組織は司祭である浅葱と、彼が目覚めさせた魔女である司に、その魔女がどんな存在なのかを調査し、確かめて欲しいということだった。

「暴走した者達とはいえ、君は教会の人間にひどいことをされている。だからこの依頼を受ける義理はない。向こうも、そう強くは出られないはずだ。どうする？」

「先生は、どう思うんですか」

「…そうだね。ここいらで、教会に恩を売ってもいいような気はする。何せ僕はあまりにも好き勝手やってきたからね。まあ、そのぶん貢献もしているが————。それに、これは司の力を鍛えるためにもいい案件かもしれない」

その言葉に司の気持ちは揺れ動く。また危険な目に遭わないとも限らないが、それは司が自分の力を正しく使えるようになれば自衛できることだ。

司は炎を発現することができる。以前の事件では、それで廃教会を燃やしてしまった。あの時のことはまるで夢の中のようで、自分ではよく覚えていないのだが。

「それを受けたら、先生の役に立ちますか?」

そう言うと、浅葱は少し驚いたように司を見て、それから小さく笑った。

「興味深い案件ではある」

「なら、やってみます。俺の力でどれだけできるかわからないけれど」

「…いいのかい? そんなにすぐに決めて」

先日の事件で、司は教会の過激派に辱《はずかし》めを受けた。そのことを忘れたわけではない。浅葱もそんな司を気遣うような態度を見せる。いつも奔放でやりたい放題の彼にしては珍しい。だが。

「だって、先生は魔女のことが気になるんでしょう?」

なんだか嫌な言い方だったかもしれない。これでは、まるで嫉妬しているようではないか。ずっと魔女を追い求めていた浅葱が、他の魔女にも関心を持つのは当然のことなのに。

司は言ったことを後悔して、唇を軽く噛んで浅葱から視線を外す。彼は少しの間不思議そうな顔をしていたが、やがて得心《とくしん》がいったのか、優しく微笑んだ。

「僕が一番大事な魔女は君だよ」

「……すみません、そんなつもりじゃ」

ない、と言い終わらないうちに、司は腕を引かれて浅葱の胸に倒れ込んだ。驚いて顔を上げると、有無を言わせずに熱い唇で塞がれる。

「んっ……んっ」

甘く激しい口づけに、思考がかき乱されていった。こんなふうに思いをさまよわせていても、彼に抱き締められ、キスをされると、簡単に劣情をかき立てられてしまう。それが司の本性だと言われ、浅ましいと思わずにはいられなかった。

「あっ…、んぁっ、せんせい…っ」

けれど、司はどうしても浅葱の愛撫には逆らえない。何もかもがぐずぐずになって、蕩けていってしまいそうになる。

「司は本当に可愛いな。虐めたくなる」

耳元で囁かれて、背中がぞくぞくとわなないた。抱きかかえられるようにしてデスクの前からソファへと連れて行かれ、膝の上に座らされる。浅葱の手が衣服をめくって直に肌に触れてきた時、司は一瞬はっと我に返った。

「だ…、駄目です、ここじゃ…」

浅葱の私室とも言える研究室とはいえ、ここはまだ昼間の大学構内だ。人が来る可能性はゼロではない。だが彼はいっこうに気にする様子もなく、司のセーターをたくし上げる。

「誰も来ないよ」

「でも…っ」

司の戸惑いと抵抗を、浅葱はやんわりとした強引さで封じ込めた。司は彼を乱暴だと思ったことは一度もない。それなのに、浅葱の行為を拒絶することはひどく難しいことのように思えてしまうのだ。身体から力が勝手に抜けていき、意識が次第に恍惚《こうこつ》と興奮に支配される。彼は悪魔とは対極をなす教会組織の司祭だと判明したわけだが、こんな時の浅葱の誘引力は、やはりどうしても悪魔的ではないかと感じてしまう。

「司、自分でこれを持っていてくれ。君の可愛い乳首を舐めてあげられない」

「……っ」

浅葱に促されて、司は自分の衣服の裾を胸の上までたくし上げ、それを両手で持った。浅葱の目の前には、司の薄桃色の突起が差し出されている。彼は顔を近づけると、その一方を舌先でそっと舐め上げた。

「あ、ううん…っ」

濡れた舌の刺激に、恥ずかしい声が漏れてしまう。司の乳首はすぐに硬くなって芯が入り、なだらかな胸の上でぷつりと勃ち上がった。もう片方も指先で捕らえられて転がされ、時折ぐっと押し潰すようにして虐められる。

「あっ…、ん…あっ…」

敏感な二つの突起をそれぞれ異なるやり方で責められると、司は彼の膝の上で身悶《みもだ》えた。たくし上げた服を両手でぎゅっと握り締め、次第に我慢ができなくなってくる快感に耐える。

「ほら、もう膨らんできた…」

「んっ、ああ…っ」

刺激でぷっくりと膨らんだ乳暈ごと吸われ、舐めしゃぶられると、はっきりとした快感が胸から腰の奥に走った。

「ひ、う」

たまらない刺激に腰が揺れる。浅葱は気が済むまでそこを舌でねぶった後、もう片方の乳首へと口をつけた。じゅうっ、と吸われ、軽く歯を立てられる。

「あ――…っ」

ぞくぞくっ、と快楽の波が駆け上がってきた。司は、はあはあと息を乱しながら、濡れた唇を舌先で舐める。ちらりと視線を下ろすと、浅葱の舌先が執拗に乳首を転がしているところが目に入った。そのあまりに淫靡《いんび》な光景にくらくらと目眩《めまい》すら感じる。

「あっ、はあっ、あぁ…っ、こんな…、やらしい…っ」

「そうだよ。司は乳首を虐められて興奮している、いやらしくて素敵な子だ」

浅葱の手が前にかかり、司のボトムを寛げた。下着の中から自身を引き出されてしまって、司は思わずうろたえる。

「あっだめっ…！」

「このままイったら、服を汚してしまうよ？」

ここは家ではないので替えがない。帰宅するまで不快な思いをしてしまうと諭《さと》され、司は彼がそこを愛撫するのを受け入れた。先端はもう濡れてしまっていて、浅葱がくちゅくちゅと音を立てて撫で回すたび、強烈な刺激が背筋を貫く。

「――――…っ、あっ、あっ…！」

「気持ちいい？」

「っ、きもち、い…っ、あっ、いっ、いく…っ、イくっ」

耐えられずに両腕で浅葱の首にしがみつくと、彼は宥めるように背中を撫でてくれた。

「ここが、すごくぬるぬるしてるね…。こうされるの、好きだろう?」

浅葱の指の腹が、くびれの先端を意地悪く撫で上げる。そのたびに甘く痺れるような快感が腰から脳天まで貫いた。感じすぎて少し苦しいほどの悦楽《えつらく》。

「あっ、あっ、すき、好き、ぃ…っ、先生の指、きもちいぃぃ…っ」

ここが大学の構内だということも頭から抜け落ちて、司は淫らに喘ぐ。浅葱のもう片方の手も司の後ろからボトムの中に忍び込み、双丘の奥をまさぐってきた。肉環を押し開かれ、指を入れられて、前と後ろを同時に責められてしまう。

「好きならもっとしてあげよう」

「っ、あっ、ひ――――…っ、ああ、ああ…っ、も、だめえ…っ」

浅葱の巧みな指嬲りでねっとりと責められ、司は啜り泣きながら身を捩《よじ》り、背を反らした。もう我慢できないというところまで責められ、それからようやっと絶頂を許される。

「――――…っ、んんん…っ!」

さすがに部屋の外まで聞こえてしまうような声を出すのは憚《はばか》られた。司は掌《てのひら》で口を押さえながら、必死で声を押し殺して達する。その状況は脳髄が焦げるかと思うくらいに司を興奮させ、がくがくと腰を震わせながら浅葱の手の中に白蜜を吐き出した。

「……っ、ふ、はあ…っ」

イった後は、すぐには頭が働かない。司が激しい射精の余韻に浸っていると、浅葱は司のボトムを下半身から脱がせにかかった。さすがにぎくりとして抵抗しようとするも、力の抜けた身体ではどうにもならない。

「あ、せんせい、待って、ここじゃ…っ」

「どうして？　ここまでしたなら、最後までしても構わないだろう」

それとも、と彼は続けた。

「どうしても嫌かい？」

「……っ」

司は上目遣いで浅葱を睨《にら》む。すると彼は困ったように笑って、優しく口づけてきた。

「ごめん。こういう言い方はずるかったね」

火照《ほて》った頬を指の背でなぞられて、背中がぶるっ、と震える。

「どうしても君に挿《い》れたい…。いいだろう？」

「あ…」

ずるいのは自分のほうではないかと、司は思った。自分はいつも彼のせいにして、行為の責任を押しつけてしまう。拒めないのは、自分も浅葱を求めているからだ。なのに彼は、いつも罪を被《かぶ》ってくれる。そう思うと、下腹の奥がきゅううっと疼いた。

「ごめんなさい…、先生、挿れて……」

「謝ることはないよ」

浅葱はそう言うと、前を寛げて自らのものを取り出す。それは雄々しく凶悪に天を向いていた。

「君の可愛い下のお口まで、連れて行ってくれるかい？」

司はこくり、と頷く。両手で自らの双丘を広げると、露《あらわ》になった後孔に、浅葱の男根の先端をそっとあてがった。

「いい子だ」

大きな手が頭を撫でていく。それから彼は司の腰骨を摑み、その怒張でゆっくりと司の肉環をこじ開けていった。

「う…あ、あぁぁあぁ……っ」

入り口を広げられ、内壁を広げられていく感覚は、何度味わっても慣れなくて頭がおかしくなりそうになる。快楽を知った媚肉が、自分を犯すものに絡みつき、締めつけて、奥へ奥へと誘っていった。浅葱が心地よさそうにため息をつく。

「相変わらず、君の中は素晴らしいよ。この世の天国だ」

「ああ…あ、俺も…、先生の、すごく、熱くて…っ」

浅葱が内奥に進んでくるたびに、下腹が煮えたぎるように疼いた。彼のものが挿入《はい》っているだけで気持ちがいい。

「うっ…く、あぁぁあ――――…っ」

ずぶずぶと侵入してくるそれに、司は構内であることも忘れ、はしたない声を上げた。

「司…」

そんな司の痴態を前にし、浅葱は嬉しそうに名前を呼んでくる。司の双丘を愛おしげに両手で包むと、やがてそこに指を食い込ませんばかりに揉みしだいて、内部を突き上げてきた。

「ひあっ…、ああっ…、あんんんっ」

感じる媚肉を容赦なく擦られ、いけないと思っているのに、勝手に声が出てしまう。浅葱が抽挿するたびにぐちゅぐちゅと耳を覆いたくなるような音が響くのも恥ずかしかった。

「中、もう痙攣《けいれん》しているね…」

「んっ、う、ふぅう…っ！　あ、そ、んなにっ…、突いたらっ…」

「うん…？　ほら、奥好きだろう？」

浅葱の先端が、司の最奥をこじ開け、我慢ならない場所をゴッゴッと突く。その瞬間、頭が真っ白になった。

「あ、あ…あ、あうう…っ、ひぃい…っ」

司は我を忘れ、自らも夢中で腰を揺すった。いっぱいに広げられた秘部で浅葱をくわえ込み、

身体が望むままに締め上げる。下腹の奥がひっきりなしに収縮してどうしようもなかった。そしていとも簡単にやってくる絶頂。駄目だ。きっとあられもない声を上げてしまう。

「いっ…や、ああっ、イくっ、イくから…っ」

司は嫌々と首を振った。すると、いきなり顎《あご》を摑まれ、浅葱の唇が深く重なってくる。同時に内奥をずうん、と突き上げられ、目の前がチカチカした。

「ん…っ、んんう――――…っ」

たまらずに達してしまった司の口を、浅葱が口づけで塞ぐ。きつく舌を絡められて、極みの叫びを吸い取ってくれた。だが、体内に迸りを叩きつけられ、その感覚にまた喘ぐ。

「ん…あっ…！　は…あぁ…っ」

「…いやあ、うっかりしていた。すまないね、司」

「……え…？」

あまり悪びれない表情で浅葱が謝ってきたので、司はまだ惚けたまま彼を見つめた。

「お尻を上げて」

「ん…っ」

腰を持ち上げられ、彼のものがずるりと中から引き出される。その途端に中で出されたものがごぷっ、と出てきて、その感触にはっとなった。

「おっ…と」

浅葱は近くにあったティッシュで素早くそれを受け止めるが、司は恥ずかしさで真っ赤になった。

「ここですると後始末に困るな。やはりゴムを持ち歩くべきだった。今度からそうするよ」

最初に挿入された時点で気づくべきだったのに、行為に夢中になってしまって場所のことを考えなかった。むしろ自分から彼を迎え入れてしまったことを思い出して、司はわなわなと震える。はしたないのはむしろ自分のほうではないか。

「じ、自分でやります…！」

「駄目だよ。君の後始末をするのは僕の役目なんだから。さあ、全部かき出すよ」

「し、しなくていい…っ、んんっ…！」

浅葱の指が後孔に潜《もぐ》り込み、自身が出した精をかき出そうと司の中で動く。それが終わるまでの間、司は今度こそ、声を出すまいと必死で手で口を塞いだ。

司が夢で会った男と会う日は、すぐに訪れた。講義が始まる前に部屋に入ってきた男を前に、教室がちょっとした驚きに包まれる。

教壇に立ったのはいつもの白髪頭の教授ではなく、金髪の背の高い男だったからだ。彼は学生達に向き直ると、流暢《りゅうちょう》な日本語で話し出す。

「担当の緒方《おがた》先生が急に体調を崩されたので、本日は私が代講を務めます。ジェイク・アダムスです。よろしく」

「ジェイク先生じゃん。ラッキー」

「――めちゃめちゃかっこよくない？」

「浅葱先生と張るかもね」

周りの女子学生が顔を寄せ合ってそんな言葉を交わし合う。だが司は息を詰めてその男を見つめていた。

（……この人が、そうか）

ジェイクは自己紹介を済ませると、淡々と講義を進めていく。彼は司の目には三十代後半くらいに見えた。外国人だから、見た目の年齢はよくわからないが。

ジェイクの声が教室の中に響く。夢では声は聞けなかった。深く張りのある、いい声だ。

(俺は何故、彼の夢を見たんだろう)

それは何か意味のあるものなのか。教会が司達に依頼してきた、新たな魔女の出現に関する調査と何か関係があるのだろうか。

「……」

司はジェイクを凝視する。すると、ふいに教壇の上の彼と目が合った。ジェイクは司を見据え、ふっ、と小さく微笑む。その瞬間、ぎゅっ、と心臓が摑まれるような感覚があって、司はびくん、と身体を震わせた。

「っ」

(今のは?)

あきらかに視線に力があった。知らずに肌が粟立っていて、司は注意深く息を吐く。これは意図的なものなのだろうか。それとも。

それから講義が終わるまで、司は極力ジェイクと視線が合わないように注意しながら、彼を観察し続けていた。

「ねえねえ、司君てさ」

講義が終了し、周りの学生が、がたがたと立ち上がっていた時、司は近くの席の女子学生から声をかけられた。

「ジェイク先生のことが気になる感じ？」

「…え？」

唐突に話しかけられた内容に、司は戸惑った。隣にいた彼女の友人らしき女の子が、困ったように笑いながらたしなめてくる。

「やめなよミナ。司君困ってるって」

「だって、講義中の司君、ジェイク先生のことすごい見つめてたよ？　司君て浅葱先生と仲いいじゃない。だから珍しいなって思って」

「浅葱先生と仲いい…？　俺が？」

浅葱とのことを言われ、ジェイクのことよりもむしろそちらのほうが気になった。

「よく浅葱先生の研究室に行ってるでしょ？　でも、なんかさあ。あの部屋って変なものとか置いてあるんでしょ？　なんか呪いの道具とか…」

「ああ…、先生は魔女の研究をしているから。別に、そんな怖いものじゃないよ。貴重な資料なんだ」

「へえ。でも、司君と浅葱先生が仲いいのってなんか意外」

「意外じゃないよ。お似合いじゃん」

「その言い方だと、なんかつき合ってるみたいだよ。浅葱先生と司君」

女の子達の核心をついた言い方に、司は居たたまれなくなる。浅葱は司との間柄《あいだがら》を特に隠すつもりもないようだ。だが、さすがに大学の准教授と学生がつき合っているというのは、あまりおおっぴらにしていいことではない。司がそう訴えたので、彼も一応は口を噤《つぐ》んでいるようだった。幸いにして同性同士なので、それほどあやしまれないで済んでいる。

「やだ。美形同士であやしい感じ！」

彼女達はおかしそうにけらけらと笑った。

「あ、ごめんねくだらないことで引き留めて。じゃあね！」

司にひとしきり絡んで気が済んだのか、彼女達は連れだって教室を出て行った。司がジェイクを見ていたことを、それほど追求したいわけではなかったらしい。

取り残された司は、ため息をついた。

（とりあえず今のことを、先生に報告しないと）

近くにいるという魔女のことは、まだ何も手がかりが掴めていない。そもそもあまりにも漠然《ばくぜん》としすぎていて、どうしたらいいのかわからない。

それも含めて、先生に相談しないと。

司はいつものように、浅葱の研究室に足を向けようとした。もうすぐ大学は夏休みになる。

「────そうか。彼に会ったのか」

司の話を聞き、浅葱は椅子の背に身体を預けて何か考えるような表情を見せた。

「どう感じた？」

「…何か、変な感じがしました。あと、多分向こうも、俺のことを認識したと思います」

視線が合った時の、あの妙な感覚。それを言語化するのは難しい。

「先生は、ジェイク先生に接触したんですか？」

「それが、最近は会えないんだ」

「会えない？」

「彼はアメリカから非常勤講師として来ている。なので、非常勤達がいる部屋に行ってみたんだが」

「正面から直接行ったんですか!?」

「何か問題があるかい？」

「会って何か聞くつもりだったんですか？」

学生の一人が、君のことを何度か夢で見ている。心当たりはないだろうか。まさかそんなことを訊ねるつもりだったのだろうか。いや、浅葱ならやりかねない。

「…司は僕を、どんな男だと思っているんだい？」

浅葱はやれやれと息をついた。

「彼もまた、魔女についての論文を出しているんだよ。以前に君が僕の部屋でアメリカの雑誌を読んでいたろう。あれにその一部が載っている。それについて質問でもしてみるかと思っていた」

「そうなんですか？」

それは気がつかなかった。すると、彼もまた、魔女について研究をしているということになる。

浅葱は続けた。

「けれど、何度か訪《たず》ねても彼は部屋にいなくて、まったく会えないんだ。それ以外でも、学内でも彼には会えない。まるで避けられてでもいるようだ」

「……」

では、最近ジェイクと直接会ったのは司だけということになる。

「もしかしたら、ジェイク先生の側に魔女がいるのかも」

「かもしれないね」

浅葱は頷いた。

「だがそう簡単に姿を見せてくれるだろうか。そもそも、ジェイクがこの大学に来た目的はなんだ？」

浅葱は椅子に座ったまま、物憂《ものう》げに身体を揺らす。それから何かを思いついたように、ふいに司に告げた。

「もうすぐ夏休みじゃないか」

「え、ええ…、はい」

「富士五湖《ふじごこ》の近くに家があるんだが、休みになったら二人で行かないか」

「……は？」

今はジェイクと魔女の話をしていたはずなのに、突然話が飛躍してしまい、司はついていけない。

「そんなところにも家があるんですか？」

「なに、小さいものだよ。もともと両親のものだったのを相続しただけだ。いつもゆっくりできるのは週末だけだろう。君と二人で過ごしたい」

「――」

そう言われてしまうと、正直、司もやぶさかではない。

「でも、調査の件が……」

「向こうでやればいいさ」

「向こうでっ…、て、どうやって？」

彼の言っていることが理解できない。だが浅葱は涼しい顔をして続けた。

「どのみち大学が休みになれば、ジェイクと顔を合わせることはさらに難しくなる。その間に君の魔女修業のほうを優先させたほうが、この先動きやすくなると思うんだが」

「そうでしょうか」

確かに司の力が安定すれば、身を守ることもたやすくなる。この現代においても、魔女はあらゆる意味で狙われやすい。そのことを、司は以前の出来事で思い知った。

「まあ、それはひとつの口実に過ぎない。本当は司を独り占めしたいだけだよ」

「……」

悪びれずに直截に言われて、顔が熱くなる。けれど、司は意外に思った。魔女に関わることだったら、何をおいても優先しそうな感じだったのに。

「……ちょっと楽しそうですね。涼しそうだし」

「だろう？　君を楽しませるために、色々と考えている」

「それ、ちょっと怖いんですけど」

司は困ったように笑った。

「修業って、何をするつもりなんですか」

「教会のカリキュラムでは、魔女に対するトレーニングには様々なものがある。蠟燭の火を使ったものや、瞑想《めいそう》、催眠なども その部類だ。けれど見たところ、君に対して一番効果があるのは、セックスだと僕は思う」

いつもそうだが、浅葱の言葉に司は絶句する。

「現に、君の力が解放されるきっかけとなったのは、僕とのセックスだったろう？」

「あ…あれはっ」

浅葱に初めて抱かれた、というか、犯された時のことを思い出して、羞恥が身体を駆け巡った。縛られ、無理やり快感を引き出され、あまつさえ卑猥な木馬に乗せられて理性を失わされた。あれは浅葱の手製だというが、よく真面目な顔であんなものを作製したと思う。

「あの木馬だが、今もまだ手を加えていてね。そのうちまた乗せてあげるから、楽しみにしていてくれ」

「結構ですっ！」

あれに乗せられた時の、自分が自分でなくなるほどの快感は、思い出すだけで身体がおかしくなりそうになる。だが、あの強烈すぎる感覚は、司の中で眠っていた魔女の血を呼び覚ました。

「結構だと言われても、修業だからね。君は僕の指導には従ってもらわないといけないよ」

「どんな指導ですか……」

そしてそれが決して嫌ではないということを、彼には知られてしまっているような気がする。

「俺がどうして先生の言うことを聞いているのか、わかりますか」

「……僕が今願っていることと一緒だといいな」

「ずるい言い方ですね」

「そうかな」

浅葱は立っている司の手を取ると、ゆっくりと引き寄せた。

「君と出会ってから、僕の頭の中は君のことでいっぱいだよ」

俺が魔女だから？

司はその言葉を呑み込んだ。そんなことを口にしたら、うるさい奴だと嫌われてしまうかもしれないし、たとえ魔女だったから好きになってもらえたとしても、それはそれで構わない。

(俺だって、先生のことで頭がいっぱいなのに)

この自由奔放な男は、それをわかっているんだろうか。

「一緒に来てくれないのか？　司」

強引かと思えば、こうして窺《うかが》うようなことを言ったりする。本当に彼は司の手に負えない。

「…すごく楽しみだと思っている自分をちょっと悔しいって思ってます」

司がそう言った時、浅葱はちょっとびっくりしたような顔をした。何もそんな驚くことはないだろうに。

浅葱の顔が次第に喜色《きしょく》に染まり、司は強く抱き締められた。

「あっ……！」

「嬉しいよ」

その声が本当に嬉しそうだったので、司は不意を衝《つ》かれたような感覚に陥《おちい》った。彼は大人であるし、いつも司を翻弄するから、こんなふうにまるで子供みたいに無邪気に喜ばれると、どう反応していいかわからなくなる。

昔、クロアチアに住む祖母に予言された。お前はいつか悪魔に出会うと。

その通りに司は浅葱と巡り会い、恋人とも呼べる関係になった。司にとってきっとこれは、運命の恋だ。

彼もそうであるといいのに。

心の中でそう願って、司は彼の胸に身を預けた。

ほどなくして大学は長期の休みに入り、司は浅葱と共に富士五湖近くの別荘に出発した。

朝、彼が司の住むアパートまで車で迎えに来てくれ、そこから首都高で西へ走る。天気はよくて、日の光にアスファルトが反射して、きらきら光っているように見えた。車のオーディオからは、気怠い女性の歌声が英語で聞こえてくる。

「着くまで寝ていても構わないよ」

「そんなことしませんよ。先生が寝ないように見張っていないと」

「バレたか。実は昨夜、あまり眠れなかったんだ」

「え？」

「司と旅行に行くと思うと、つい興奮してしまって」

「……な、何言ってるんですか。子供じゃあるまいし」

そう言う司も、昨夜はなかなか寝付けなかった。

「それじゃあますます寝ているわけにはいかないですね」

横でハンドルを握っていた浅葱は小さく笑う。

「そうだね。じゃあ、僕の話につき合ってくれ」

「はい」

眠れなくなるほど楽しみにしていてくれたなんて、嬉しい。どきどきとする鼓動を抑えながら、司はシートに身を沈めた。自分でも努めて話題を探しながら、浅葱との会話を重ねていく。

「富士は霊峰とも言われているね」

「ええ。パワースポットなんていうふうに言われていますけど」

「それはあながち間違いではない。富士は確かにエネルギーに満ちた場所だ。だから、君の修業にぴったりなんだよ」

「そう、なんですか」

司の場合のそれは、セックスをすること。浅葱に言われたことを思い出して、司ははっとした。自分はそれが楽しみだと言ってしまったのだ。今さらそんなことを思い出して、うろたえてしまう。

修業をがんばりますとも言えず、司は気まずい思いを抱えたまま、前方に聳《そび》える富士山のシルエットを見つめた。

そんなことに構わず、隣で運転をしている浅葱は上機嫌のままだった。

「ここだよ」

車は一軒の平屋の前に止まった。その家屋を見て、司はうわあ、と声を上げる。

「素敵な家ですね」

シンプルモダン、というのだろうか。無駄を省いたすっきりとした佇《たたず》まいに、黒い屋根と焦げ茶色の外壁がよく似合っていた。

「ありがとう。狭いところだが」

中に入り、玄関を越えると、広いリビングが待ち構えていた。大きなカウチソファやチェストなどが無造作に置かれ、その脇にはキッチンと、いくつかのドアが見える。

「ぜんぜん狭くなんかないですよ。二人で過ごすには充分すぎるじゃないですか」

「そう言ってくれると嬉しいよ」

管理する者がいるのか、キッチンにはお茶の用意など最低限のものは揃っていた。

「先生は座っていてください。お疲れでしょう」

「特に疲れてはいないが……、お言葉に甘えるとしようか。少し休んだら、買い出しに出かけよう」

「はい」

司は紅茶をいれて、ソファで待っている彼の許へ運ぶ。ティーパックだが、熱い紅茶はドライブ後の身体に染み渡った。

「この家が気に入ったみたいだが、司は将来こういう家に住みたいのかな？」

「え？　そうですね…。素敵だと思いますけど」

「なるほど。候補に入れておこう」

浅葱が返した不思議な言葉を、司は怪訝《けげん》に思って彼を見る。だが、むしろ浅葱のほうがきょとんとした顔をした。

「二人で暮らすには、こういう家がいいんだろう？」

「えっ!?」

びっくりしてしまって、変な声を出してしまう。それはつまり、将来は一緒に暮らすという意味なのだろうか。

「君は僕の話を聞いていなかったみたいだね」

「いや、だって、ええと…」

もういい加減、浅葱が何を言い出しても驚かないんじゃないかと思っていたが、やはりそれは無理だ。驚く。

「先生は、この先俺と一緒にいたいっていう感じ…ですか」

動揺して変な言葉遣いになってしまった。浅葱はそんな司の様子も気にしないのか、悪びれなく答えた。

「もちろん。君は僕の魔女なんだよ。司もそれには同意したはずだよね」

「あ、はい、それは…」

セックスの最中に理性が半ば飛んだ状態で口走ったことは、果たして有効なのだろうか。

「なんてことだ」

彼は片手で目を覆い、嘆くように呟いた。

「ひどいな。君は」

「そんなこと言われても…！」

自分達の関係の始まりから見るに、どう考えても、司にはあまり過失はないように思える。いや、それとも自分も悪いのだろうか？　浅葱の、まるで悪びれない言動は司をそんな気分にさせた。

「だがまあ、すでに君は僕のものだ。手放すつもりはない」

離れることは許さないと彼は言う。頰に手を当てられて、軽く唇を重ねられた。

「知っているかい？　君はキスで感じると、とてもいやらしい、発情した顔になるんだよ」

「……ん…っ」

恥ずかしいことを言われて、肩が震える。浅葱の唇が司のそれを食《は》んで、舌先が軽くつついていった。

「……っ、せんせい」

「ほら、今も可愛い顔をしている」

キスしている顔がいやらしいと言われ、恥ずかしさで逃げ出したくなる。でも、逃げたくない。このままこうして、意地悪な彼に搦《から》め捕《と》られていたい。

彼の執着が嬉しかった。司に向けられる浅葱のそれは、真綿《まわた》で首を絞められるようで、気がつくと息ができなくなっている。

その甘い苦しさに、司はとっくに虜《とりこ》になっていた。


その日の夕方前、浅葱の別荘から少し離れた場所にある大型スーパーへ買い出しに出かけた。

「今日はカレーにしますか?」

「いいね。海老で出汁《だし》をとろう」

「すごくおいしそう」

あれこれと食材やワインを選んでいると、なんだか普通の恋人同士のように思える。浅葱と二人、普段と違う場所で二人きりだというだけで、特別な時間のように感じた。さっきも甘い言葉をかけられて、舞い上がっているのかもしれない。

大量の食材や日用品を買って駐車車に戻ろうとした時、入り口で五～六人ほどの若者のグループとすれ違った。いずれも司と同じぐらいの年代に見える。

「――――」

その瞬間、司はふと違和感を覚えた。思わず振り返り、通り過ぎていく彼らを目で追う。

(なんだろう、今の)

それは『匂い』のようなものだった。例えるのなら、人工的に着香したような、もとからあるものに後から被せたような、そんな感じ。

「どうかしたのかい?」

「…あ、いえ」

浅葱に呼びかけられて、司は咄嗟《とっさ》に答えた。だが、先日のジェイクのことを思い出し、これも何かの予兆かもしれないと彼に報告する。

「今、擦れ違った人達なんですけど、なんとなく違和感がありました」

「どんな?」

「…うまく言えないんですけど、なんとなく、匂いが変というか…。あ、別に臭《くさ》いとかいうわけじゃなく」

浅葱は足を止め、店の中に消えた一団を目で追った。

「追うかい？」

「だ、駄目ですよ、いきなりそんな」

だいたい、追ってどうするつもりなんだろう。捕まえて、何か変なことをしていないか、などと問いただすわけにもいかないだろうに。

浅葱はふむ、と考える様子を見せる。

「わかったよ。じゃあ、このあたりで何か妙なことが起きていないかどうか、調べてみるとするか」

「はい」

いよいよ実地調査だ。司は身が引き締まるのを感じた。

「この土地に来て、魔女の力が活性化しているのかな。いい傾向だ」

褒められて、なんだか面《おも》はゆいような気分になる。魔女として成長していくことで彼が喜んでくれるのなら、それでいいと思った。

別荘に戻ってカレーをメインとした夕食を作り、ワインをいつもより多めに口にする。酔い醒《ざ》ましにテラスへ出て風に当たっていると、背後から浅葱がやってきた。

「風呂の用意ができたよ。一緒に入ろうか」

「え…」

「たまにはいいだろう?」

さすがの司も、一緒に風呂に入ればどうなるのかくらいはわかっている。恥ずかしさと居たたまれなさに俯《うつむ》くが、どうなっても構わない、という気持ちもあった。

「…はい」

彼のほうを振り向き、小さく頷く。夏の夜風が火照った頬を優しく撫でていった。


別荘の浴室は広く清潔だった。特にバスタブは、大人二人が余裕で入れそうなほどに広い。

「近くの温泉から湯を引いてるんだ」

「贅沢《ぜいたく》ですね」

かけ湯をして入ると、心地よさが全身に染み渡る。温泉に浸かるなんて久しぶりだった。浅葱も特にどうということのない顔をして風呂に入っているので、もしかしたらさっき司が思ったことは杞憂《きゆう》だったのかもしれない。彼はきっと普通に一緒に入らないかと言ってきたのだろう。まるで自分一人が期待していたみたいでばつが悪い。

「身体洗いますね」

そうなると自分だけが意識しているのが気まずくて、司はバスタブから出ようと立ち上がった。

だが、床に足をつけた時、突然腕を摑まれる。

「洗ってあげよう」

「あっ」

司を浴室の壁に押しつけた浅葱は、シャワーヘッドを取って温度の調整を始めた。それからボディーソープを手に取り、器用に泡を立ててゆく。

「一人で身体を洗うつもりかい？　一緒に入るって言ったのに、冷たいじゃないか」

「そ、それはっ…」

「君はいつもそうだ。手に入れたと思ったのに、逃げようとする…。悪い魔女だ」

泡にまみれた浅葱の両手が、司の身体を滑っていった。ぬるり、とした感覚がえも言われなくて、口から熱い吐息が漏れる。身体の力が抜けていきそうだった。

「ん…っ、あ…んっ…」

身体中を這い回っていく大きな手に、あやしい感覚を呼び覚まされる。脇腹を何度も撫で上げられて唇を震わせ、腰骨を通って尻を揉まれると、感じ入った声が勝手に出てしまった。

「あっ、んっ」

「感じるのかい？」

「…っやっ、立てなく…な…っ」

「そこに寄りかかって、体重を預けておいで。…そら、乳首にいくよ」

「あっあっ、やっ、……っんん、あああ…んんっ」

両の乳首に耐えがたい快感が襲ってきて、司はあられもない声を上げる。ぬめる指が胸の突起を擦り上げ、意地悪くくすぐった。そんなことをされたら、敏感な肉体の司はたまらなくなる。

二つの小さな乳首は硬く勃ち上がって、浅葱の指先で何度も弾かれた。

「…っ、せ…んせい、そこだめっ…！」

「どうして？　ここ好きだろう？　いつも虐められて悦んでいるじゃないか」

言葉で煽《あお》られて、司は身体の芯が燃え上がりそうな感覚に襲われる。浅葱の言う通り、司はそこを嬲られるのが好きなのだ。乳首を責められると、刺激が直接腰の奥に響いて、下腹がきゅうきゅうと疼く。

「そら、こっちも勃ってきた」

「はぅうっ」

浅葱の指先が股間で頭をもたげ始めているものをそっと撫でた。鋭い刺激が背中を駆け抜けていく。

「はっ、はっ…あっ…」

頭がくらくらする。浴室の湿度のせいか、それとも興奮し切っているのか。司の膝はがくがくと震えながら、それでも閉じていこうとはしなかった。浅葱はそんな司の内腿を撫で上げた後、浴室の棚から何かを取り上げる。

「そ…、それ、はっ…」

剃刀《かみそり》だった。

二つ折りのそれは切れ味がよさそうで、浅葱はいったい何をするつもりなのかと、背中がひやりとした。

「君のここを、子供に戻してあげようと思ってね」

浅葱は司の下生えをそっと撫で上げる。その瞬間、浅葱の意図を察してしまって、司は思わず身じろいだ。だが床に膝をついた浅葱に太腿を摑まれて開かれてしまい、股間を突き出すような格好になってしまう。

「ああっ…」

足の間を丁寧に泡立てられた。その時も、彼はわざと司の屹立に触れ回り、甘い刺激を送り込んでくる。司は背後の壁に爪を立てるようにしてその快感に耐えた。膝が震えるのを必死で堪える。

「さあ、始めるよ。危ないから動くんじゃないよ」

「んっ…、あぁっ…」

たいして濃くもない下生えは、剃刀で丁寧に剃り落とされていった。浅葱はわざとゆっくり刃物を動かしながら、どうしようもなく勃起している司のものを意地悪く愛撫する。

「ああ…あう…う…っ」

「腰を動かしたら駄目だよ」

剃刀の背で、根元からつうっ、と撫で上げられた。ぞくん、ぞくんと背筋がわなないて、背中が仰け反る。指の腹で先端をくちゅくちゅと優しく刺激され、あまりのもどかしさと快感に啼《てい》泣《きゅう》した。

「は、ぁっ…あっ、だめ、そんな…に、しないでっ…!」

先端の蜜口からあふれる愛液が泡と混ざり合い、太腿を伝って落ちる。浅葱はお構いなしに司の下生えを剃り落とすのを楽しんでいるようだった。彼は司のそこをさんざん悪戯して泣かせた後、ようやっと満足したように剃刀を棚に戻す。

「これでいいだろう。では、洗い流そうか」

シャワーの湯が出され、水圧が強めに調整された。その無慈悲な湯の矢が、弱火で蕩かされていた司の股間に向けられる。

「あ…っ、あぁ――――…っ」

これまでとは打って変わっていきなり強烈な刺激を与えられて、司は悲鳴じみた声を上げた。間断《かんだん》なく降り注ぐ快感の雨に、腰を淫らに振り立てる。浅葱はシャワーヘッドを微妙に動かしながら、泡を洗い流すというよりは司を感じさせるように湯矢を当てていた。

「はっ…ひっ…、いぃ…っ、いっ、あ、も、もう、だめぇぇ…っ！」

ぐぐっ、と仰け反り、はしたないほどに腰を振る。シャワーの責めで、司は軽く達してしまっていた。陰茎がびく、びくと、それとわかるほどにわななく。

「――――～～っ」

するとシャワーが止められ、あんなに司を追いつめていた刺激がぴたりと止んだ。足の力が抜け、頽《くずお》れそうになった司の身体が、浅葱の腕に抱き留められる。

「いい子だ。よくがんばったね」

「…っ、せん、せい…っ」

ようやく許された気配に、司は安堵《あんど》のあまり啜り泣く。浅葱はそんな司の顔に、何度も口づけをした。

「見てごらん。すっかり可愛くなった」

彼は鏡のほうに司を向き直らせると、その股間を見るように促す。

「――――っ」

司の喉が、ひくっ、と震えた。そこは下生えをすっかり取り払われて、つるりとした無毛地帯になっていた。なんだかひどく無防備で、頼りない感じがする。

「どうかな？　感想は」

「すごく…、いやらしいです…、こんなの…」

浅葱の手によって恥ずかしい姿にされた司は、確かに興奮していた。こんなことをされてどうかしている、とも思うが、それが司の本性なのか、それとも浅葱のことが好きだからなのか、未だに自分でもよくわからない。

「ベッドに行こうか。ここを可愛がってあげるよ」

肩を抱かれ、浅葱によって寝室へと誘導される。整えられたダブルベッドの上に横たえられると、すぐに両足を大きく開かされ、浅葱が顔を埋めてきた。

「あっ…、ああっ！」

除毛された場所に、ぬるり、と舌が這わされる。それまで経験したことのない快感に、思わずシーツを握り締めた。

「んう、ああっ、そ、それ、変…っ！」

無遠慮に這い回る舌に、思わず取り乱してしまう。浅葱は司の屹立を避けるようにあたりを舐め回していたので、ずくん、ずくん、と内奥が疼いた。早く、一番気持ちのいいところを舐めて欲しいのに。

「せ、先生、お願い……っ」

「うん？」

こんな浅ましいことを言ってはいけない。頭ではそう訴えているのに、司は彼の目の前で腰を浮かせて訴える。本能が理性を駆逐《くちく》して、司は次第に快楽を求める魔女になろうとしていた。

「ここ、舐めて…っ」

「舐めているよ？」

舌先が再び無毛の肌を辿る。司はびくびくと身を震わせ、声にならない声で喘いだ。

「ひ、ぁあっ、や、もう、虐めな…でぇっ」

泣きながら訴えると、浅葱がふっ、と笑ったような気配がする。

「…なら、今度は別の虐め方をしようか」

え？　と思った時、浅葱はようやっと司のものに舌を這わせてきた。裏筋を舐め上げられたかと思うと、すっぽりと口の中にくわえられてしまう。

「あっ、あぁぁあぁっ」

強烈な快感に下半身全体を包まれ、腰骨が砕けそうになった。ゆっくりと舌を絡められながら緩急《かんきゅう》をつけて吸い上げられると、頭の中が真っ白になる。司は喜悦《きえつ》の表情を浮かべながら、何度もかぶりを振って快楽を訴えた。

「あっ、あっ、気持ちいっ…、気持ちいいよぉ…っ」

顔の横の枕を握り締めながら、生き物のように動く舌の責めに恍惚となる。舌先で先端の鋭敏な蜜口を抉《えぐ》られた時は、ひいひいと泣き喘いでしまった。

「司…、気持ちがいいんだね。可愛いよ」

「んぁあ、せんせいっ…、…もっ、と」

もっとして、虐めて。気持ちいいのが欲しい。この身体にたくさん恥ずかしいことをされて、快楽で屈服させられたい。

普段は司の奥で眠っていた欲望が、執拗な刺激で呼び覚まされる。浅葱は唇をぺろりと湿らせると、口の端をつり上げた。

「もちろんだよ。正気でいられないほどに感じさせてあげよう」

「あ、は、あぁあっ」

ぬるり、と先端を唇で包み込まれ、腰が砕けそうになる。そのまま吸われながら溝《みぞ》にそって舐め上げられて、反らせた喉から嬌声《きょうせい》が上がった。

「あぁっ…あ、あぁんんっ」

腰の奥から灼けつくような快感が込み上げてくる。身体の芯が引き抜かれそうな口淫に、立てた膝が、がくがくと震えた。

「あっいくっ、あっ、い、イっちゃ…っ、んあぁああんっ」

じゅううっ、と音を立てて吸われた瞬間、背中から脳天まで稲妻のような快感が貫く。司は腰を浮かし、嗚咽《おえつ》のような声を上げながら絶頂に達した。浅葱の口の中に、白蜜を思い切り吐き出す。

「あ――――あ――――あぁぁ……」

弓なりに身体を反らせたまま、強烈な余韻にわななないた。浅葱は司が吐き出したものをためらいなく飲み下すと、内腿を摑んで最奥が露になるほどに押し開く。

「ん、あ……んっ」

「ヒクヒクしているよ。欲しがっているんだね」

浅葱はベッドサイドのチェストから、綺麗な紫色の小瓶を手に取った。中身をたっぷりと掌に取り、それを司の後孔へと塗り込める。甘い花のような匂いが広がった。

「あっ、あ、何…っ」

「魔女の香油だよ。ローションみたいなものさ」

浅葱の指によって中まで塗られると、そこからじん、とした熱さを感じた。それは司の肉洞を侵し、下腹を疼かせる。

「ああ、ああ…っ、それ、変に…っ」

「快楽に身を委《ゆだ》ねてごらん。見たことのない世界が見えるから」

彼が指を動かすたびに、ぎゅぷ、じゅぷ、という卑猥な音が響いた。媚肉が切なくて仕方がない。

――挿れて欲しい。

この中に突き入れられ、奥まで貫かれて、思うさまかき回されたら、どんなに気持ちがいいだろう。浅葱の男根がもたらしてくれる快感を、この身体は知っている。

「――さあ、そろそろ理性を忘れる時間だよ、司」

指を引き抜かれ、小さく声を上げた司の片足を大きく持ち上げ、浅葱は自分の下肢を交差させるように割り入れた。

「――あっ」

この体勢だと、深く挿入《はい》ってしまう。奥まで犯されるのだという予感に、全身にさざ波のように震えが走った。男根の先端が後孔の入り口に押し当てられる。その瞬間にきゅううっと窄《すぼ》まった肉環をこじ開けるようにして浅葱が這入ってきた。

「あ、う、あ――あ…っ」

後ろを拡げられ、長大な男根を挿入される。内壁をかき分けるようにして進んでくるものが、感じる粘膜を容赦なく擦り上げてきた。魔女の香油は司の媚肉を疼かせ、浅葱の動きをより鮮明に感じさせてくる。

「ああっ、あ――…っ」

ずぶずぶと音を立てながらそれが奥まで侵入してきた時、司は耐え切れずに背を反らせて達してしまう。反り返った屹立の先端から白蜜が弾けた。だが、浅葱はお構いなしに腰を使ってくる。

「あ、ま、待って、先生、まって…！　い、イってるからっ、んんんあぁあっ」

絶頂にわななく身体の中を、浅葱が深く突き上げてきた。ずうん、と脳天まで響く快感に、背骨が折れそうなほどに仰け反る。

「…司がイっても、許してあげられないんだ。魔女が落ちる快楽の地獄――。それを味わわせてあげないとね」

浅葱は自身を根元近くまで入れてしまうと、心地よさそうにため息をついて言った。まるで処刑宣告のようなそれに、怯えと歓喜がないまぜになる。

「香油の効き目はどうかな？」

「んん、んうっ」

浅葱が軽く腰を揺らすと、じん、とした快感が込み上げた。肉洞から腹の中に広がるそれは、たまらなく気持ちがいい。

「あ、ひぃ、いいっ…いいっ」

「中がすごく痙攣しているね…、気持ちいいかい？」

「あ、す、ごいっ…！　なか、熔け…っ」

浅葱がゆっくりと腰を前後するごとに内壁を擦られ、そこから痺れるような快感が身体中を侵してゆく。特に下腹がぐつぐつと煮え立つようだった。次第に大きくなっていく抽挿が、我慢できない。

「あああっ…、あ、んくぅうんんっ…！」

司の腰が、彼の律動に合わせて蠢《うごめ》いていった。ぐちゅん、ぐちゅん、といういやらしい音が接合部から響く。恥ずかしくてたまらないのに、止まらない。

「は、ひ…ぃっ、ひぃ――――…っ」

泣き所をぐりっ、と抉られた瞬間、また達してしまう。頭の中が真っ白に染められていった。それなのに、浅葱の動きは止まることがない。イっている最中も肉洞をかき回されて、司はシーツをかきむしり、口の端から唾液を滴《したた》らせながらよがった。

「あぁあぁっ、だ、めっ…、今、突かないで…っ、お願……っ！」

少しでいいから止まって欲しい。絶頂にわななく内壁を責められる快楽は、苦痛の一歩手前まで来ているのに。

「駄目だよ。もっと、もっと可愛がってあげよう。この、奥まで――――」

「――――んくっ！」

さらなる最奥の入り口をぐりっ、とこじ開けられて、司の肢体がびくん！　となる。まだ奥があるということを知らされて、持ち上げられた片足がぶるぶると震えた。

「や、い…や、そこ、だめ、だめっ…！」

「君は僕にすべてを許すんだよ。心配はいらない。快楽のみを君に与える。ただし、死にたくなるほどの快楽をね――」

浅葱は根元まで自身を埋め、司にそこを明け渡せと迫ってくる。

「ひ――――」

容赦なく最奥を開かれ、浅葱のものが未踏の場所に入ってきた。凶器の先端が、快楽の源泉を抉る。

「あああぁんんんんっ！　～～～～っ！」

酷《こく》なほどの快感が込み上げてきて、司はひとたまりもなく絶頂を味わわされた。内部がひっきりなしに痙攣し、媚肉が浅葱のものに絡みついてしゃぶり上げるように締めつける。

「は……っ、すごいな、これは…」

さすがの浅葱も、司の肉体の反応に荒い息をついた。腰をぐっ、と押し込み、まさぐるように回して、奥の肉の感触を堪能《たんのう》する。

「んぁあぁ…っ、あぁあぁあ…っ」

切れ目のない極みに、司は啼泣した。反り返っている屹立からは、白蜜がとろとろと止めどなくあふれている。この場所がこんなに強烈な快感を生み出すなんて、知らなかった。

「司…、どうかな、ここの感想は――」

浅葱が動くたびに、じゅぷっ、じゅぷっ、と粘度の高い音が漏れる。繋ぎ目は真っ白に泡立ち、熱を持っていた。

「し…ぬ、気持ち、よすぎて、死んじゃうう…っ、あぁあぁ」

「よしよし、いい子だ」

涙と汗と唾液にまみれた司の顔を舐め上げ、浅葱が口づけてくる。呼吸もままならないこの状態でのキスは正直苦しかったが、司は夢中になって彼の舌を吸い返した。

「もっと正直になって、肉欲を解放してごらん。もっといやらしくなれるだろう。ほら――」

快楽にわななく媚肉を、男根の先端でこね回される。

「んあ――…っ」

また、きつい絶頂が押し寄せてきて、耐えられずに泣き出してしまった。

「いぃ…っ、きもちいい…っ！　そこ、こねこねされると、たまらな…っ、あっイくっ、またイくぅぅ…っ」

乳首を立て、股間のものを勃起させ、全身を細かく痙攣させながら司は卑猥な言葉を口走った。浅葱に強《し》いられたからではない。本当に、心の底から出た声だった。

「よくできたね。——ご褒美《ほうび》をあげよう」

彼は大きく腰を引くと、自身を入り口近くまで引き抜きかける。

「あ……っ」

抜かないで、と司が哀願しかけた時、それは再び一気に奥まで沈められた。どちゅん、と先ほどの場所を突かれ、身体が浮くような感覚に包まれる。

「くぅあぁ——…っ」

びゅく、と陰茎の先端から白蜜が噴き上がった。脳髄が灼きつくされるような快感。だがそれは一度では終わらない。何度も弱い場所を抉られ、ぶち当てられて、理性などかけらも残らないほどの恍惚に溺《おぼ》れる。

「うあ、あ——…、ひぃ、ア、いい、いい〜〜っ」

「ああ——司、可愛いよ。このままずっとこうしていたい…」

浅葱の脈動が大きくなっている。彼も限界が近いのだろう。思い切り中に出して欲しかった。この腹の中を、彼の子種で満たして欲しい。

「あっきてっ、先生のっ…、中に、奥に、注いで…っ！」

「司っ…！」

浅葱は短く呻くと、大きく腰を震わせて白濁を司の最奥にたっぷりと注いだ。それは肉洞を満たし、媚肉を濡らす。

「ふあ、あはぁぁぁあっ！　〜〜〜〜っ、っ！」

身体がバラバラに砕けて、そのまま熔けていってしまいそうな極みに揺さぶられる。思考が飛ぶほどの快感は恐ろしく深く、長く、司を翻弄した。浅葱に初めて抱かれてから、快楽というものを徹底的に教えられてきたつもりだったが、まだその先があるのだということをこの時に思い知らされた。

——どこまで淫らになっていくのだろう。

堕ちていく感覚の中で、そんなことを考える。彼が望むのなら、望むだけ淫らになっても構わなかった。

「は、ふ、は……あっ」

ようやっと引き始めた余韻の中で、司は溺れた人のようにはあはあと喘ぐ。

「……素晴らしかったよ、司」

気がつくと、浅葱もまたいつになく息を乱していた。キスして欲しい、とねだるように見上げると、彼はすぐに察して深く口づけてくれる。

「んふ…ん…む」

舌を絡め合い、吸い合うのが気持ちいい。浅葱との口づけはダイレクトに快感に直結してしまう。こんな時は、特に。

「…っは、あ…、せんせい…」

「うん？」

「これって、本当に、魔女の修業になるんですか…？」

とてつもなく気持ちのいいセックスをしたけれども、これで自分が特に変わったということは感じなかった。けれど浅葱は、確信に満ちた表情で頷くのだ。

「もちろんだよ」

「んはあぁっ」

まだ挿入したまま、緩く突き動かされて、司は甘い悲鳴を上げてしまった。

「けれど、まだ何度も、何度も繰り返さなくてはならない。さあ、今度は後ろからだ」

体勢を変えられ、入ったままで後ろを向かされて、腰を持ち上げられる。彼の両手で腰骨を摑まれ、ゆっくりと律動が始まった。

「あっ、あっあっ、あうう…っ、…っや、もう、だめ…っ」

あんなに強烈な快感を味わわされた後では、ほんの少しの刺激もひどく耐えがたいものになってしまう。浅葱がしたたかに注ぎ込んだ司の内部は濡れそぼち、彼が抽挿するたびに淫猥《いんわい》な音を立てる。

「もう一度我を忘れるんだ。自分の中の枷《かせ》を外してごらん」

「っ、あっ、あはぁあっ…！」

前に回った浅葱の手が、司の股間のものをじわりと握り、扱き上げた。前と後ろで同時に感じさせられるのがたまらない。

「あっ、うう…っ、せ、んせい…っ」

両腕の力が抜けてしまい、司はがくりと上体を倒した。腰だけを高く上げた体勢のまま突き上げられて、啜り泣く。

「あ、ああ…ああ……っ」

再び襲いかかってきた快感にいともたやすく支配され、司は夜通し、浅葱の淫戯に身悶えさせられるのだった。

司は自分が今、夢の中にいるのだと認識していた。司はその夢の中で、森の中に住んでいた。薬草を摘《つ》んで薬を調合したり、訪れてくる人の不調を聞き、自らが持つ力で癒やしたりする。時にはあやしげな儀式をすることもあったが、司――魔女は、特に害のある存在ではなく、ただひっそりと暮らしていた。それだけだった。

だがある日、異端審問官がやってきた。友好な関係を築いていたとばかり思っていた村人が、魔女を売ったのだ。

魔女は捕らえられ、投獄される。そこでは恐ろしい運命が待っていた。この先を見たくない。司はそう思っているのに、魔女は引き立てられていった。

そこで行われるおぞましい拷問の数々に、魔女は悲鳴を上げる。

（嫌だ。見たくない）

どうしてこんな目に遭わなければならないの。

魔女の苦痛と悲哀が、はっきりと司に伝わってくる。

火刑に処され、その命を絶たれるまで、司は魔女の生涯を見ていた。

「――――っ」

ぱちり、と目を開けると、そこは見覚えのない部屋だった。自分の部屋でも、浅葱の寝室でもない。

ああ――――、そうだった。

ここは富士五湖、河口湖《かわぐちこ》の近くにある彼の別荘に来ているのだった。隣に浅葱の姿はない。おそらくもう起き出しているのだろう。

嫌な夢から目覚めたことにほっとして、司は自分の手足を確かめるように伸ばす。腰の奥がひどく気怠かった。その感覚で、昨夜の行為を思い出してしまい、内奥がきゅうっと収縮した。最後のほうはあまり記憶がないが、自分がどんな痴態を晒したのかうっすらと思い出してしまい、恥ずかしさで死にそうになる。そしてそんな時に、浅葱が部屋に入ってきた。

「ああ、起きていたのか」

「今、何時ですか」

「ちょうど昼だよ。簡単に食事を作ったから、シャワーを浴びたら食べよう。起きられるかい？」

「はい」

司が起き上がろうとすると、浅葱が手を貸してくれる。裸の肩にガウンをかけられ、優しく抱き寄せられた。

「昨夜の君は、とても可愛くて刺激的で、素晴らしかった」

「…そういうこと、言わないでください…」

赤く染まった顔を見られたくなくて顔を背けると、顎を捕らえられて口づけられる。

セックスの時はとても意地悪で、駄目だと言っても絶対にやめてくれないくせに、それ以外の時は彼は司に対し、基本的に優しい。

基本的というのは、彼はマイペースで、時に気まぐれなところがあるからだ。その自由闊達《かったつ》さは司にはないもので、浅葱のその部分を好ましいと思っている自分がいる。

「恥じらい深い君も、可愛いよ」

彼は司のこめかみに音を立てて口づけ、ベッドから立ち上がった。その後を追うようにして司も床に足を下ろす。少しふらついたが、なんとか歩けそうだった。

「先生」

呼びかけられて、浅葱が振り返る。

「また夢を見ました。今度は、魔女の——。火炙りにされて、死ぬところまで」

「そうか」

彼は続けた。

「怖い夢だったかい?」

「はい。……でも」

「でも？」

「俺の夢に出てくる魔女達は、いったい何を訴えようとしているんでしょうか」

これはただの夢ではない。かつて生きていた、魔女達の記憶のかけらだ。それらは司に、何を見せようとしているのか。

「君は死んでいった彼女達の希望なんだよ。原初の魔女の血を引く君は、この世界で幸せに生きなければならない」

「――――」

「早くシャワーを浴びておいで。スープをあたため直しておこう」

彼はそう言うと、キッチンのほうに戻っていった。司はその足で浴室に入る。昨夜ここでも卑猥な行為をしたことをありありと思い出してしまい、それをごまかすように慌ててシャワーの蛇口を捻《ひね》った。

（俺は今、幸せだろうか）

頭からあたたかい湯を浴びながら自問する。その答えには、どうしても浅葱の存在が必要だった。

昼食を済ませると、浅葱は申し訳なさそうに、今日の午後は調べ物をしなくてはならないと告げてきた。

「大丈夫です。俺、ちょっとそのへん散歩してきます」

「……一人でかい？」

彼は少々納得しかねる、というような表情でこちらを見てくる。

「心配だな。危険な目に遭いやしないだろうか。何せ君には、前科があるから」

「っ…」

それを言われると弱い。司は以前、浅葱に無断で単独で動き、敵の罠に嵌まってひどい目に遭った経験があった。だがその時に彼に相談しなかったのは、浅葱が悪魔ではないのかと疑念を抱いていたからだった。だから司はそれを確かめようとしたのに。

「今度はそんなことしません。大丈夫です。危険なことは、ちゃんとわかりますから」

「本当かい？」

「本当です！」

まだ疑うような浅葱に断じるように告げると、彼は大きく息をついて頷いた。

「わかった。君を信用しよう。何かを見つけたり、誰かに誘われても、くれぐれも一人で判断しないように。――――破ったら、仕置きをしなければならないよ」

「わ、わかってます！」

最後の一言に飛び上がるように反応して、司はそのまま別荘を出た。

「は――――…、いい天気だけど、涼しい」

ここは東京よりもだいぶ涼しくて、風が気持ちよかった。本来だったら、家に籠《こ》もってセックスしているよりも、バーベキューとかそういったアクティビティを楽しむべきではないだろうか。けれど、司はそういったものが用意されていたとしても、浅葱との交歓を望んでしまうのはわかり切っていた。

(だいぶ、溺れちゃってるなあ……)

こういうのを調教というのだろうか。あまりな単語を思い浮かべてしまい、司は淫らな気分を振り払うように足を速める。遊歩道に沿って森の中に入ると、鮮《あざ》やかな緑に目を奪われた。周りの景色を堪能しながら、森の中に分け入っていく。

(そういえば、夢で見た森も、こんな感じだった)

人の営《いとな》みから離れた、静かな森。魔女達は大抵町外れやこういった森に、息を潜《ひそ》めるようにして住んでいた。その中に、人に害を為そうとする者など、いったいどれくらいいただろう。

皆、穏やかに暮らしたいだけだった。

物思いに耽《ふけ》りながら歩いていた司は、ふと気づく。いつの間にか、遊歩道から外れていたのだ。

「あれ……？」

ありえない。遊歩道はきちんと整備され、敷石が敷きつめられていた。それなのにまるで何かに導かれるように、いつの間にかこちらのほうに来てしまったのだ。

――――まずい。

道に迷ってしまったら大変だ。司はスマートフォンを取り出したが、案の定電波状態は悪かった。

もとに戻れるだろうか。こういう時は、やたらと動き回らないほうがいいというが――――。

（けど、熊とかに出会ってしまったら）

途方に暮れた司は、あたりをぐるりと見渡して見た。すると、木立の陰に建物が見える。近づいてみると、二階建ての、思ったより大きな建物だった。

「――――こんにちは」

ふいに背後から声をかけられて、司はびくりとして振り返る。そこには一人の青年が立っていた。その青年の姿を見て、司は瞠目する。それは彼が、亜麻《あま》色の髪と、赤に近い琥珀《こはく》色の瞳をした、外国人のような美しい青年だったからだ。

「すみません、驚かせてしまいましたか？」

彼は首を傾げる。役者のような様になった仕草《しぐさ》だった。

「あ……、すみません。ちょっと道に迷ってしまいまして。ここの建物が見えたものでしたから
……」

「そうだったんですか」

青年はにこり、と笑った。屈託のない表情だった。司は思わずほっとする。

「ここの建物の方ですか？」

「ええ、そうです。ここは僕らの会社なんですよ」

「会社？」

言われてみれば、このあたりは別荘地でログハウス風の建物が多いのに、それは白っぽいビルだったので、なるほどと思った。壁には洒落《しゃれ》た書体で『dollminer《ドルミナー》』と書いてある。

「実は、僕の会社なんです。本社はマサチューセッツにあるんですけど」

「アメリカの？」

「ええ、オーガニック系の食品など色々扱ってます。アーカム・カンパニーというんですが、ご存知ないですか？」

「……いえ、ちょっとわからないです。すみません」

そう答えながらも、司はその名前をどこかで聞いたような気がしていた。

「いいんです。小さい会社ですし。経営者が日本に縁があって、それでここに拠点を置くことにしたんです。この建物でジャムやパンなどを加工して、近くの店に卸《おろ》しています。それから東京のほうにも支部があるんですよ」

「手広くやっているんですね。若いのに」

外国人の見た目の年齢はよくわからないが、彼は司とそう変わらないように見える。

「よかったら、見学していきませんか?」

「……」

司は少し警戒した。すると、彼は司のそれを感じ取ったのか、肩を竦《すく》めてちょっと笑ってみせた。

「ああ、すみません。別にどうというわけじゃないんです。ただ、もしかして興味がおありかなと思って」

その瞬間、司は覚えのある『匂い』を感じ取った。昨日浅葱と地元のスーパーに行った時、擦れ違った若者が纏っていたのと同じ匂い。

——間違いなく、関係がある。

「じゃあ、少しだけ」

単独では行動しない。浅葱との約束を思い出した。けれど自分も、まだ未熟ながら魔女としての修業は積んでいる。あの時と同じにはならない。

「僕は雪春・アーカムといいます」

「日本の血が？」

「ええ、母親がね。と言っても、こちらで暮らしたのは、ほんの数年だけなんですけど」

「だから日本語が上手なんですね」

「――――ここはいい国です。歴史があって、土地の力もある。何かを研ぎ澄ますには、もってこいの場所だ」

雪春はそう言って司の先に立って歩いた。

建物の中に入ると、微かな甘い匂いが漂ってくる。雪春が案内してくれたのは食品の工房で、そこに漂っている匂いだった。だが司の嗅覚《きゅうかく》は相変わらず先ほど感じたものを認識している。この感覚は、五感で得ているものではないからだ。

（多分間違いない）

ここで何かが行われている。だが、それを調べるにはどうしたらいいのだろうか。司は魔女ではあるが、一介の大学生だ。調査機関の人間ではない。こういう時の動き方など、習っていない。

（深追いはしないほうがよさそうだ。あとは帰って先生に相談しよう）

司は雪春に当たり障《さわ》りのないことをいくつか質問し、礼を言って出ようとした。すると、玄関のところで、一人の男と顔を合わせる。

「あ――――」

「ジェイク！」

雪春が親しげに男の名を呼んだ。その隣で司は硬直する。

――――どうしてこんなところで。

そこにいたのは、大学に非常勤講師としてやってきたジェイク・アダムスだった。司が雪春のほうを見ると、彼は司に視線を戻してから説明する。

「彼は僕のビジネスパートナーというか、後見人のようなものです。今回一緒に日本に来てもらいました」

「…そうなんですか」

「道に迷っているところに話しかけて、ここを案内していたんだ」

雪春はジェイクにそう説明した。

「それはそれは。よかったら、大通りまで送っていきましょうか」

「…いいえ、大丈夫です。帰り道は教えていただきましたので。ここで失礼します」

ジェイクは、司が勤め先の大学の学生だということに気づかない様子だった。それなら、わざわざ自分から身元を明かすことはない。

「今度は工房が稼働している時に来てください。学生向けのワークショップなどもやっていますので」

雪春は司に握手を求めた。少しためらったが、手を伸ばしてその手を握る。

その瞬間、頭の中に映像が流れ込んできた。

「！」

小高い丘。絞首台。そこにぶら下がり、ゆらゆらと揺れている幾人もの女性のシルエット。

「……何か？」

司は動揺を外に表さないように振る舞うので精一杯だった。勢いよく手を引きたいのを、やっとのことで堪える。

「……いえ」

今の映像は、あれは、多分、処刑の場面。

「失礼します」

司はその場から逃げるようにして建物を後にする。雪春とジェイクの視線が、どこまでも絡みついてくるようで、一度も振り返ることができなかった。

「――彼は、マサチューセッツと言ったのかい？」

「はい」

浅葱《あさぎ》が何に引っかかっているのか、司《つかさ》にもわかるような気がした。以前浅葱の部屋にあった雑誌で見た、アメリカでの魔女裁判。

「セイレムの魔女裁判は知っているね」

「……やっぱり、そちらの関係者なんですか？　では、教会に依頼された調査対象の魔女というのも？」

司は雪春《ゆきはる》のことを思い出した。彼の手を握った時に流れ込んできた映像は、かつての魔女の最期の光景だったのだろうか。

「セイレムは、現在のマサチューセッツ州にある。君の予想通りなら、君が見たイメージというのは、過去に処刑された魔女なんだろうな」

「いったいどうして日本に？」

「それはよくわからない。まあ、それを調べるのが僕らの仕事なんだが、今日ひとつ興味深いことがわかった」

「なんです？」

浅葱が司のほうにノートパソコンを向ける。

「ここ数日、この町に若者が集まっているらしい。ただ、今は夏休みだ。旅行や合宿などで訪れる者も少なくないだろう。しかし…」

画面には、とある広告のようなものが表示されていた。

『おいしいパンやジャムを作るお手伝いをしていただきながら、自らの可能性を探ってみませんか』

「見るからにうさんくさい広告だと思わないか」

「あやしいセミナー系みたいですね」

「その通りだね」

司の言葉に、浅葱は笑った。ただ、と司は続けた。

「『dollminer《ドルミナー》』…、今日行った建物の壁に書いてありました」

「おそらく、同じものだろう」

広告には住所が記されておらず、連絡先としてメールアドレスが載っているだけだった。こんな広告を見たら、まず警戒をするだけだろうに。

「よく見てごらん司。君ならすぐに気づくはずだ」

「────……？」

浅葱に促《うなが》されて、司はよくよくその広告を見た。画面の中心に、妙な図が描かれている。鹿の角のようなものに縄がかけられ、その周りを花が取り囲んでいる。それだけならただのイラストだ。だが、その中に、見たことのない文字が刻まれている。

「！」

強烈な違和感を覚えた司は、身体を引いて画面から顔を逸《そ》らした。脳に直接触れられて、かき回されるような不快感。

「何かが、強烈な干渉を感じます」

「君は魔女だからね。普通の人間よりも、より明確に感じるんだろう」

浅葱は司の反応を当然のものとして受け取った。

「そう。この広告には魔術が仕掛けられている。波長の合う人間にとっては、とても無視できるものではないだろう」

気づいてしまうと嫌悪しか覚えなくて顔をしかめていると、浅葱はブラウザを落としてくれた。

「君の中の力が、この広告に仕掛けられた魔術に抵抗して拒否反応を示しているんだ。気分が悪いのはそのせいだよ」

ホッとした司は、身体の力を抜いて浅葱を見つめる。

「彼らはここまで周到に気づいてくれというメッセージを送ってきている。もちろん僕達にね」

「なんのために？」

浅葱はそれには答えず、薄く笑った。こんな時、司は少し不安になる。彼が何を考えているのか、よくわからなくなるのだ。浅葱は以前からエキセントリックなところがあり、その行動や考えを推し量《お》るのが難しい男だった。だが、自分達の関係は以前とは違う。もっと、自分の内面を見せてくれてもいいのではないだろうか。そう思うと、少しもどかしくなってしまう。

「それはそうと、司」

「――――はい」

浅葱の声が、どこか咎《とが》めるような響きに変わって、司ははっとした。

「君は僕の言いつけを破ったね」

「え……？」

「単独で対象と接触しないということだよ」

「そ…、それは」

意図して行ったことではない。道に迷っていたら、偶然出会ってしまったのだ。

――――いや、偶然……？

「ようやくわかってくれたかな」

浅葱はやれやれと言いたそうに息をついた。

「相手は、明らかに君と接触したがっている。今日無事に帰ってこれたのは、単なる幸運だったと思うべきだ」

「……はい」

先を性急に知りたがるのは、自分の悪い癖だと司は自覚する。以前もそれが原因で痛い目に遭《あ》ったというのに。

「――そうは言っても、君の場合、危機的状況で魔女の力が発動する傾向にあるようだ。だが、だからと言って僕は君を危険に晒《さら》したくない。わかるね？」

「……そうなんですか？」

魔女の存在を追求することに血道をあげている浅葱ならば、司が危険な状況にあってその力を顕現《けんげん》させるほうが望ましいのではないだろうか。そんなふうに、拗《す》ねた考えを持ってしまう。

「僕は君自身が大事なんだよ、司」

抱き寄せられ、低い声で囁かれて、司の心臓が跳ね上がった。

「特別な魔女は君だけだ。僕は君を失いたくない。ずっと僕のものにしておきたい――」

浅葱は司の手を取ると、その指に恭《うやうや》しく口づける。

「せん、せい――」

そんなふうに言われてしまったら、司はもう駄目になる。顔が熱く火照《ほて》って、頭の中がとろりとした蜜でいっぱいになるようだった。そんな司の耳元に、浅葱は声を注ぎ込む。

「だから、危ないことをした君には、お仕置きをしなきゃいけない」

「……っ」

甘い戦慄《せんりつ》に、背中がぶるりと震えた。彼にお仕置きを受ける。それがどんなにつらく、けれど随喜《ずいき》に満ちたものであるのかは、もうこの身体が嫌というほど知っている。はしたなく躾《しつ》けられた司の肉体は、もうその期待に抗《あらが》えなかった。それとも、これが魔女の本性というものなのだろうか。

「服を脱ぎなさい」

優しい、けれど絶対的な命令に、司は逆らえない。ゆっくりと立ち上がると、浅葱の目の前で、衣服を一枚一枚、落としていった。その様子を、浅葱がじっと見つめている。絡みつくような視線に愛撫されているようで、息が乱れるのを抑えられなかった。

「これで…いいですか」

「うん」

浅葱は立ち上がり、司の前に立つ。

「手は身体の横に」

「…っ」

指示されて、司は両手を身体の脇に垂らした。そうすると、もうすべてを彼の前に晒してしまう。自分の身体がどう反応しているのかも。

「君の身体はいつ見ても美しい。…興奮しているのかい？」

「ち…、違っ」

否定しても、一目瞭然《いちもくりょうぜん》だった。司の足の間は反応していて、その形を変えている。それを浅葱に指摘されてしまい、恥ずかしさのあまり死にそうになる。けれどそれがますます興奮を呼び、より浅ましい状態になってしまっていた。

「これからお仕置きされるというのに悦《よろこ》んでしまうなんて……、悪い子だね」

「あっ、ああっ」

浅葱の指先で、兆《きざ》したものの根元から先端をつつうっ、となぞられる。その刺激にびくんっ、と腰が跳ねた。

「虐《いじ》められたがりのこの身体をどうしてあげようか。うんと泣かせてあげないとお仕置きにならないな」

「は、あ、あ…っ」

浅葱はそう言いながらも、軽いタッチで司の陰茎に触れ回っていた。感じてしまってどうしようもない司の両足はがくがくと震え、今にも膝が折れそうになる。それを必死で我慢していると、浅葱の指が唐突に離れた。

「おいで」

「あっ」

手を引かれて、寝室へと連れて行かれる。部屋の中に入った時、司は少し待つように言われた。ベッドの脇で所在なげに立ち竦《すく》んでいると、浅葱が寝室の物入れを開けて何かを取り出す。それを目にした時、司は思わず息を呑《の》んだ。

「――――それ」

「ああ。こっちに運ばせたんだよ。また少し改良を加えたんだ」

かけられていた布が取り去られ、そこにあるものが姿を現す。三角形を模《も》した、淫靡《いんび》な拷問道具。苦痛ではなく快楽を与える木馬。三角の上の部分にはえげつない形のディルドが取りつけられている。司は彼と初めて過ごした夜にこれに乗せられ、屈服させられた。

「こ、これ…、これ嫌です。乗りたくない」

「どうしてかな？　感じすぎるからかい？　だが、そうでなくてはお仕置きにならない」

浅葱はローションのボトルを無造作に傾け、ディルドの部分をたっぷりと濡らした。木馬の背から聳《そび》えるそれは、てらてらと淫靡にぬめっている。

「乗りなさい、司」

「っ」

びくっ、と震えた司は、ごくりと喉を上下させ、これから自分を責め苛《さいな》むであろう木馬へゆっくりと足を踏み出した。

「君にも塗ってあげよう」

浅葱は司に尻を向けるように告げた。司は木馬の背に両手をつき、おずおずと彼に尻を向ける。浅葱の手で双丘を押し開かれ、その最奥《さいおう》の蕾《つぼみ》に生あたたかい液体が垂らされた。

「ふっ」

とろみのある液体が後孔から会陰《えいん》を伝い、双果を濡らしていく感覚だけで小さく声が出てしまう。そしてさらに彼のしとどに濡れた指が肉環をこじ開け、中へと挿入《はい》ってきた。

「つあ――――…」

ツン、とした刺激と共に、内壁が甘く痺れていく。たまらずに司が腰を揺らすと、浅葱の指は中で司の媚肉をこね回し始めた。

「あ、あう…あぁあ…っ」

「気持ちいいかい?」

「は…いっ、きもちいぃ…です…っ」

下肢からぐちゅ、くちゅ、という音が響いてくる。自分のそこが立てている音だと思うと、恥ずかしくてならなかった。それなのに、もっとして欲しいと尻を振り立ててしまう。巧みな浅葱の指は、司の弱い場所を的確に探り当て、そこへぐぐっ、と指を沈めてくるのだ。

「あうう、あああ」

そこがいい、と思わず背中を仰《の》け反らせた時、司の中から指が引き抜かれる。ああっ、と失望の声が漏れた時、彼が背後で笑う気配が伝わってきた。羞恥にカアッ、全身が燃える。

「せ、せんせいっ…」

「この続きは、木馬がしてくれるよ。さあ、乗りなさい」

「あ、嫌だ、先生が…、お仕置きなら、先生が、して…っ」

ぐずるように訴えると、浅葱の動きが一瞬止まった。それから彼は困ったように笑うと、ふいに唇を重ねてくる。

「んんっ……」

歯列を割って侵入してきた舌が、司の口内の粘膜を舐めしゃぶった。敏感な口の中を甘く蹂《じゅう》躙《りん》されてはひとたまりもなくて、下腹がきゅうきゅうと疼《うず》いてしまう。

「…っあ、あ、ふ…っ」

ぴちゃぴちゃと音を立てながら舌先を絡ませ合うと、昂《たか》ぶりすぎて涙が滲《にじ》んだ。互いの唾液をたっぷりと味わった後、浅葱が名残惜《なごり》しげに唇を離す。

「…もちろん、僕もお仕置きをするよ。けれどまずはこれでだ。この木馬も、君を悦《よろこ》ばせるために作った僕の渾身《こんしん》の作品なんだよ」

やはり、どうしてもこれに乗らなければならないようだった。司は諦《あきら》めたようにため息をつき、片足で木馬の背を跨《また》ぐ。すると、さっきまでは気づかなかったが、ある物が目に入った。

ディルドのすぐ上に、これまでにはなかった突起のようなものが増えている。また改良したと言っていたが、その結果だろうか。だが、司はなんだか嫌な予感がしてならなかった。

「先生、これ――――、あっ！」

浅葱が司の腰を摑み、ディルドの先端へと後孔の入り口を導く。それが肉環に触れた瞬間、司の全身が粟立《あわだ》った。肉洞がうねり、さっき取り上げられた快楽の続きをねだる。あとは浅葱が手を離しても、司の腰は勝手に淫具を飲み込もうと下がっていった。

「あ、あ、ああ――――、は、入る、はいっちゃ、――――っ」

「そうだよ。いつものように呑み込んでくれ。悪い子には、快楽の拷問をしてあげよう」

「あっ、あっ！　んあぁぁああ」

木馬の背についている両手も力を失い、身体を支える役目を果たしてくれない。司の後孔は卑《ひ》猥《わい》なディルドをずぶずぶとくわえ込み、自重で根元まで沈ませていった。

「んぁぁあ、ああっ、いっ、イっちゃ、もう、イく――――」

挿入の衝撃に耐え切れず、司は体内のものをきつく締めつけながら喉を反らす。腰が小刻みに震え、前のものから白蜜を弾けさせた。

「んう――――っ」

「もう我慢できなくなったのか。司は本当に快楽に弱くて可愛いよ」

そう囁きながら、彼は司の両腕を後ろで縛り、そして両足も木馬の本体に固定してしまう。司はとうとう自身の身体すら自分で支えられなくなった。

「あ、あっ…」

「さあ、これからだ。たっぷり愉《たの》しんでごらん」

「やあぁ…っ、ああ…っ」

腰が勝手に上下に動く。ほんの少し動いただけでも、ディルドが肉洞の壁と擦れてたまらなかった。それに、ディルドの上に新しくつけられた突起は、司の会陰を抉《えぐ》り、刺激する役目を担《にな》っていた。

「あ、だめ、ここ、ぐりぐりしてっ…」

「その突起に気づいたかな？　一緒に刺激されて、気持ちいいと思うんだが、どうかな？」

浅葱が無邪気に聞いてくるが、司はそれどころではなかった。後孔と双果を繋ぐ細い道を刺激されると、下腹の奥がじゅわじゅわと煮える。上体がぶるぶると震えるのが止まらなくなった。

「よくわからないなら、こうしたらどうかな」

カチリ、と何かのスイッチが入った音がした。次の瞬間、内奥が激しく振動されて、司は快楽の悲鳴を上げる。

「あぁぁぁぁ――――…っ」

この木馬に乗せられたことは、これまでにも何度かある。司はそのたびに快楽の嵐に投げ出され、理性ごともみくちゃにされた。だが、今度はこれまでよりもさらに耐えがたい。身体の中が快感でいっぱいにされ、今にもはち切れてしまいそうだった。ディルドが肉洞をかき回し、奥を突き、そして新しく取りづけられた突起が会陰を抉り、振動でもって責め立ててくる。

「ひ…っ、ひぃ――――…っ、ああっ、い…く、また、イくぅぅうっ」

暴力的な絶頂が立て続けに襲ってきた。体内で幾度も快感が弾け、司はそのたびに仰け反って極める。前のものからは、止めどなく白蜜があふれ、時折びゅる、と小さく迸《ほとばし》った。

木馬の上で悶《もだ》える司が倒れないように、浅葱が背後から優しく支えている。その目はよがり泣く司を、愛おしそうに見つめていた。

「どうかな、司…、気に入ったかな?」

「あっ、あっ、す、ごい、これっ…、しぬ、しぬうぅ…っ」

「そんなに気持ちいいかな？　…ここも、すごく尖って腫《は》れているな」

「んぁあああんっ」

浅葱の両の指先が、司の乳首をそっと転がす。全身を激しく感じさせられているので、その優しい愛撫はかえって効いてしまうのだ。

「君は乳首が好きだろう？　くすぐってあげよう」

「あっ、んあっ、あああぁあっ」

胸の突起を意地悪くくすぐられて、司はまたもや達してしまう。苦しそうに勃起した屹立の先端から、白蜜がとろとろと零《こぼ》れた。

「んんくうぅうう」

下腹の奥がどろどろに熔けていくようだった。淫らな振動が体内を舐めつくし、会陰への刺激が脳までも侵《おか》していく。全身が気持ちよすぎて、もうどこで感じているのかわからない。

「あ、あっ…ひぃぃい…っ、ゆるして、もう、ゆるしてえ…っ」

「もう嫌かい？　許して欲しい？」

「―――…っ」

哀願への返答に、司は幾度も頷《うなず》いた。浅葱のやり方はわかっているというのに、それでも縋《すが》らずにはいられない。

「おかしくなるっ…、ずっと、イって…っ、ああ、もう、だめえ…っ」

「なるほど」

彼は頷いて、残酷な結論を告げた。

「では、あと三十分後に降ろしてあげよう」

「ああぁっ…、そんな…っ」

浅葱は司に許しを請われると、一度許すような素振りを見せ、それからさらにつらい仕打ちを強《し》いてくる。そんなことが、もう何度も繰り返されているのに。

「それまでうんと愉しむといい。ほら、また乳首を虐めてあげよう」

「あっ！　ああっ、あ――――～～っ」

嗚咽《おえつ》まじりの嬌声《きょうせい》が寝室に響く。司はその後時間が来るまで、快楽神経が熔け崩れるのではないかと思うほどの快楽の地獄に叩き落とされたまま、びくびくと身体をのたうたせるのだった。


ふわりと身体が浮いて、どこかへ運ばれていく。身体中がふわふわして、気怠い疲労感に包まれていた。力が入らない。

最後のほうはあまり記憶がないが、どうやら木馬からは降ろされたらしい。重たい瞼《まぶた》を開けると、浅葱が司を抱き上げていた。やがてスプリングのきいたベッドの上に横たえられる。

「ああ…」

恍惚《こうこつ》としたため息が司の口から漏れた。身体中がまだじんじんと脈打っている。

「よく、がんばったね」

「……」

乱れた髪をかき上げられ、褒められて、嬉しさが込み上げた。無体なことをされたというのに、実は悦んでいる自分がいる。

「とても素敵だったよ。君を見ていると、もっと可愛がりたくなる」

あれが彼の言う可愛がっているということなのだろうか。疑問に思った司だったが、最近はなんとなくわかってきた。浅葱はきっと、司が感じている様を見て、もっと快楽を与えてやりたいと思っているのだろう。それが彼の可愛がり方なのだ。浅葱にとっては、司をセックスで虐めることも、可愛がっているうちの範疇《はんちゅう》なのだろう。そして司自身も、そんな彼を受け入れ始めている。

「君が達している時の、少し苦しそうな表情が好きだよ。とても興奮するんだ」

「……趣味悪いです…」

「そうかな？」

優しい口づけが顔に注がれていった。唇を重ねられ、ねっとりと舌を絡ませる。それから彼の唇が身体を下がっていくと、司の吐息がまた乱れ始めた。

「いい子だった司に、ご褒美《ほうび》をあげよう」

「あ！」

両膝を外側に大きく開かれ、その間に浅葱の頭が沈む。司が腰を引くよりも早く、足の間のものが彼の口にくわえられていった。

「…っああぁあん…っ」

何度も白蜜を吐き出したそれに、熱い舌が絡みつく。腰骨が灼けつきそうな快感に、背中が大きく仰け反った。身を捩《よじ》り、頭の下の枕を握り締める。裏筋を舌全体で擦るようにされて、我慢できずに啼泣《ていきゅう》した。

「ふあっ…、あっ…、ああんんっ…」

下半身が甘く痺れる。強く弱く吸われるたびに、腰が浮いた。

「はあっ…、あっ…、きもち、いい…っ、ああ…っ」

身体の芯が引き抜かれそうな快感に、淫らな言葉が漏れる。

「司は、ここを舐められるのも好きだろう？」

「あっ、すき…っ、先生に、舐められるの、好き…っ」

恥ずかしいのに、浅葱に抱かれると、とことんまで淫らになってしまう。彼にならもっと、もっと恥ずかしいことをされても構わなかった。

(だって、こんなに気持ちいい)

快楽の虜《とりこ》となってしまうのは、紛れもなく淫らな魔女の本性だ。そして浅葱はそれを愛してくれる。なのにもっともっとと求めてしまうのは、司の浅ましさでしかない。

「…っああ！　んあっあんっ…！」

浅葱の舌が、司のものの先端のくびれを弾く。小さな蜜口に舌先をねじ込まれるようにされると、脳髄が灼けそうな刺激に襲われた。思考が白く濁る。司は口の端から唾液を滴《したた》らせながら喘いだ。

「ひぃ…あ、ああ、イくっ…、せんせえ…っ、イっても、いい…？」

「いいよ。思い切りイってごらん」

許されて、司は歓喜の表情を浮かべる。浅葱はそんな司を追い込むべく、先端を口に含んでいやらしくしゃぶった。両の膝ががくがくと痙攣《けいれん》する。

「ああっ！　い、いいっ、出るっ、あっ、あっ！」

下腹がひくひくと波打った。次の瞬間、司は真っ白な法悦《ほうえつ》に包まれる。腰の奥からせり上がる快感に、卑猥なことしか考えられない。

「あぁあぁっ！　〜〜〜〜っ」

浅葱に腰を抱えられたまま、シーツの上で弓なりに身体を反らし、司は絶頂に達した。あんなに吐き出したのに、まだ出るのかと思うほどの白蜜を浅葱の口の中で弾けさせる。彼はそれを、なんのためらいもなく飲み下した。

「…さすがに少し薄くなったな」

「……は、ああ…っ」

強烈な極みに、まだ頭がぼうっとしている。けれど浅葱の次の行為に、司の腰がびくりとわないた。彼はまだ司を舐めるのをやめない。今度はその舌先をもっと奥まで忍ばせていった。

「あんなに木馬で虐められたのに、ここはもう閉じてしまっているんだな。素晴らしいよ」

司の後孔は、凶悪なディルドでさんざんかき回されたにもかかわらず、その口をもう慎ましく閉じていた。だがひくひくと蠢《うごめ》き、ひっきりなしに収縮し続けている。その肉環の周りを、浅葱の舌先が辿るように這い回った。

「珊瑚《さんご》の色のようだ。可愛いよ」

「あ……は…っ、…あぁぁ…っ」

また、媚肉が疼く。ずくん、ずくん、とわななき、この中を犯すものを求めてしまう。

「や…っだ、ああ、あ…っ、欲しく、なっちゃ…っ」

くちゅり、と音がして、舌先で肉環をこじ開けられた。

「う、うっ…！」

珊瑚色の肉壁を舐められて、下半身がどろどろと熔けそうになる。欲しい、欲しい。彼が、浅葱が。

「あ…っ、挿入《い》れてぇ…っ、せんせいの…っ、はやく…っ」

「僕のが欲しい？」

浅葱はベルトを外し、前を寛げると見せつけるように自分のものを取り出した。それは天を向き、司を蹂躙《じゅうりん》せんと血管を浮かび上がらせている。彼もまた昂ぶっているのだ。それがとてつもなく嬉しい。

「欲しい、ですっ…、おねがい、犯して…っ、ここに入れて、かき、まわして…っ」

素面《しらふ》ではとても口にできないような言葉を漏らして哀願する。すると浅葱はそれまでの余裕めいた態度をかなぐり捨てたように、勢いよく服を脱ぎ捨てた。大学の准教授としては不釣り合いなほど鍛《きた》えられた肉体。だがそれは、時に魔女と対峙《たいじ》する司祭の身体なのだ。そんな浅葱の、ディルドなどよりも凶悪な男根の先端が司の肉環に押し当てられる。声を上げる間もないまま、それは遠慮なしに押し這入《い》ってきた。

「あっ、あぁああ――――……っ」

時間をかけて振動で犯され、熟《う》れていた内壁を貫かれて、司はひとたまりもなく達してしまう。その間も快楽にわななく媚肉をお構いなしに抉られ、擦られて、司の肢体がのたうった。

「ああっ、あううっ、い、イって、る……っ」

「望んだのは、君だろう？　あんなふうにおねだりされたら、僕なんかが大人しくしていられるわけがない」

浅葱はいつになく荒い息の下で言った。指が内腿に食い込むほどに強く摑まれ、重い律動に揺さぶられる。

「あっ！　ああっ！　あああっ！」

彼の男根の先端でうねる肉洞を突き上げられるたびに、気持ちがよくてたまらない。いくつかある特に弱い場所をごりごりと虐められると、ひいひいと腰を浮かせて泣きじゃくった。

「あっ、あぁ――――……っ、い、いい、いいっ……！」

「司っ……」

司が身も世もないふうで泣き喘ぐと、浅葱が覆い被《かぶ》さってきて唇を塞がれる。

「んんん、んう……っ」

舌をねじ込まれると、自分の蜜の味がした。それにすら興奮してしまって、夢中で彼と唾液を

交換し合う。口を塞がれた状態で犯されて、浅葱に組み敷かれた身体がびくびくとわなないた。

「司、可愛いよ、好きだ…」

「ふああ、あっ」

耳に甘い囁きを注ぎ込まれ、背中がぞくぞくと震える。こんな状態で、そんなことを言われて、感じないわけがない。

「ああ、せんせえ…、好きっ…」

「君が可愛すぎるから、ついめちゃくちゃにしてしまいたくなる」

「い、いい、先生、になら、何されても…っ」

「本当に?」

からかうように念を押されて、司は何度も頷いた。

「先生の、好きなことを、して…」

きっと何をされても自分は気持ちいいだろう。それに今だって、浅葱は充分司に好きなことをしている。

「…どうなっても知らないぞ」

彼は苦笑すると、ぐぐっ、と一番奥まで腰を進めてきた。

「っ!」

また、あの場所を犯されるのだとわかって、力の入らない身体が怯《おび》える。けれどそれ以上に興奮のほうが大きかった。

「さあ、僕を君の奥まで受け入れてくれ」

「あ…あ、そこっ…！　っ、～～～っ！」

もう声にならないような悲鳴を上げて、司は彼の下で仰け反る。浅葱のものが、奥の奥まで挿《は》入《い》ってきた。我慢のならないその場所をゆっくりと突き上げられると、おかしくなりそうなほどの快感が込み上げてくる。

「あぁぁあ…っ、いっ、くっ…！」

もう、イっている時とそうでない時の境目がわからない。脳が沸騰《ふっとう》しそうな快感に啜《すす》り泣き、どこかへ落ちていきそうな感覚に、きつく抱き締めてくれと力の入らない腕で彼に縋る。浅葱はそんな司の願いを聞き入れてくれた。

「ずっとこうして、君の中に入っていたい」

「ふあ、あ…っ、先生、俺も…っ」

ずっと先生と繋がっていたい。この身体の奥の脈動を、いつも感じていたかった。

「――――ん、んうう…っ！」

最奥をこねられて、身体が浮きそうな愉悦に啼泣する。気持ちがよくて死にそうで、えも言われぬ多幸感に包まれていた。

「一番、奥に、注いであげよう…っ」

浅葱が息を弾ませながら囁く。彼の精で内奥を満たされる時は、いつも骨の髄まで彼に征服されたような感覚がする。でもそれでもいいのだ。自分は彼の魔女だから。

「――――司…っ！」

「あ！」

ぐちゅん、と淫らな音がして、浅葱のものが媚肉の奥にぶち当てられる。次の瞬間、火傷しそうなほどの熱い飛沫が肉洞に叩きつけられた。

「あぁぁぁああ」

がくん、がくんと跳ねる身体を、浅葱の力強い腕で押さえ込まれる。苦しいほどの絶頂だったが、司はその時、嬉しい、と思った。

休み明けの大学はいつも、教室で見る面々の顔が、どこか違う者のように見える。しばらく会わなかったということもあるし、長い休みの間に色々なことがあって、感じが変わった者もいるのだろう。

もしかしたら自分もそう見えているのかな、とふと司は思った。

湖の近くの浅葱の別荘で、司は休みの半分ほどを過ごした。だが、その時のことを思い返すと、顔が熱くなって、思わず俯いてしまう。こうして日常に戻ってしまうと、あの家で自分と浅葱がしていたことは、ひどくインモラルに思えてしまうのだ。

(あそこにいた時、まるで発情したみたいにセックスばっかりしていた)

浅葱は魔女修業だと言っていたが、司自身、あれで自分の力が高まったのかどうかはよくわからない。

けれど、まるで夢の中にいたみたいに、幸せではあった。

「――――っ」

思わず物思いに耽《ふけ》りそうになって、司はハッと我に返る。

——だいたい、調査のほうはどうなったんだ。あれからちっとも進んでないじゃないか。

あの後もう一度あの道に行ってみたが、彼らと出会ったあの建物は見つからなかった。まるで狐《きつね》に化かされたようで、司は首を捻《ひね》った。

もしかしたら、浅葱は独自の調査で何か摑んでいるのかもしれない。魔女とはいえ普通に生きてきた司と違い、彼には組織の情報網がある。けれど浅葱は、それを司には教えてくれようとはしなかった。心配しているんだよ、と言ってはいたけれども。

——もしかして、先生はすごく過保護なんじゃないだろうか。

だったらどうして、俺にこの調査をやってみるか、なんて言ったんだ。

何度も身体を重ねて、お互いの温度はわかったつもりだった。けれどやっぱり、彼が何を考えているかは、どうしても全部はわからない。

「司君」

ちょんちょんと肩をつつかれて、はっとなって振り返ると、何度か言葉を交わしたことのある女子がこちらを見ていた。

「あ…、ごめんね、びっくりさせちゃって」

「いや、大丈夫だよ。何？」

彼女は、確か菅野《かんの》とかいう名前だったろうか。さほど親しいわけでもない。少し地味な印象の、どちらかと言えば大人しいタイプだった。

「夏休み、どこか行った？」

「え…、ああ、ちょっと河口湖《かわぐちこ》のほうに……」

思わず正直に答えてしまった。だが、別に悪いことはしていないはずだ。

「やっぱり、そうなんだ！」

菅野はぱあっ、表情を輝かせた。その落差に、司は少し驚いてしまう。彼女は目をきらきらとさせて畳みかけた。

「私もね、行ってたの！　河口湖！」

「そうなんだ!?」

「うん、駅前で司君っぽい人見かけて。誰かと一緒だったから声はかけなかったけど。あれ、浅葱先生？」

司は思わず言葉に詰まった。ここでそうだと言ったら、浅葱に迷惑がかかったりしないだろうか。

「…なわけないか。司君、浅葱先生と仲いいからそうなのかなって思っちゃった」

「そう見える？」

「うん、時々一緒にいるでしょ？」

菅野は当然のことのように答えた。司は構内にいる時は、なんとなく人目を避けて浅葱と会っていたのだが、やはり目についていたようだった。もっとも浅葱のほうはさほど隠す気がないらしく、人がいるところでも平気で声をかけてきたりするのだが。

「ああ、そうそう。それでね。河口湖には、合宿で行ってたの」

「合宿？　ゼミか何かの？」

「ううん」

菅野は首を振って、どこかはにかみながら、それでも自慢げに答えた。

「『dollminer』ってサークル、知ってる？」

「――――」

「オーガニック系の食べ物とか販売している会社がやっているサークルなんだけど、そこね、なんていうか、セミナーみたいな…、いろいろ、悩みを抱えた若い人達なんかを集めて、相談会みたいなのをやっているの。私も半信半疑だったんだけど、行ってみたらすごくよくて、今までくよくよしていたことなんか馬鹿馬鹿しくなっちゃった。それで、夏休みに河口湖近くの施設で泊まりで合宿みたいなことをしたの。すごく楽しかったなあ。ためにもなったし」

司の前で、菅野は息継ぎもろくにせずに一気に喋《しゃべ》る。彼女はこんなに口数の多い子だったろうか。

「――――それ」

司は強引に口を挟んだ。

「どんな人がやっているの？」

「えっ？　司君も興味ある？」

「だって、俺を誘うつもりだったんでしょ？」

司が薄く微笑むと、菅野は恥じらったように頬を赤らめる。

「……あのね、すごいのよ、そのサークル」

彼女はまるでとっておきの秘密を打ち明けるように言った。

『魔女』の力を使うんだって。お願いすると、願い事が叶《かな》うの。恋人ができるとか、いいところに就職できるとか、お金儲けができるとか」

「――――魔女？」

司が思わず眉を寄せた時、菅野は慌てたように取りなす。

「急にこういうこと言ったらあやしいよね。でもね、本当なんだから。アメリカから魔女の力を持った人がやってきて、その人が願いを叶えてくれるの。っていっても、男の子なんだけど。私達と同じくらいの年齢の」

司の脳裏に、とある人物の姿が浮かんだ。それが間違いでなければ、おそらく彼だろう。

「その人、普段は河口湖のほうにいて、こっちには週に一度くらい来ているみたいなの。この間初めて会っちゃった。とっても綺麗《きれい》な人。…でも、私は司君のほうが綺麗だと思うけどな」

菅野の媚びを含んだ眼差《まなざ》しには気がつかず、司は考えを巡らせていた。

(向こうからやってきた。これはチャンスなんじゃないのか)

司は浅葱に認めてもらいたいと思っていた。一人前の魔女になって、できれば彼と並び立ちたい。いつまでも未熟なままでいるのは嫌だった。

「そのセミナーみたいなのって、俺も行ける？」

「一緒に来てくれるの!?　ほんと？」

身を乗り出さんばかりの菅野に、司は思わず上体を引いてしまう。

「嬉しい！　やっぱり願い事は叶ったわ！」

仰々《ぎょうぎょう》しい、とも言える菅野の態度に、司は強い違和感を覚えていた。往々《おうおう》にして、巷《ちまた》にありふれたうさんくさいセミナーの類いでも、引っかかってしまった者が妙な言動をすることがある。偏《かたよ》った価値観を急激に植えつけられるからだ。だが、菅野の場合は、そういったものとは違う、と感じていた。

彼女から感じる魔力の波動。

それは河口湖に行っていた間、何度か経験したものだった。

「ねえ、それじゃあ明日の夜は空《あ》いてる？　さっそく魔女様と引き合わせたいから」

「え？　…ああ、いいよ」

「ほんと!?　絶対、約束よ」

菅野は司の手を握って強く振ると、時間と場所を告げ、手を振って教室から出て行った。その様子に、教室に残っていた者も目を止め、顔を寄せ合ってひそひそと何かを話している。

「おい、宇市《ういち》」

近くにいた男子学生達が、神妙な顔で司に声をかけてきた。

「お前、菅野に誘われたんだろ。なんかあやしいサークルみたいなのに」

「やめといたほうがいいぜ。なんか、シャレになんねえ噂があるから」

「シャレにならない？　どんな？」

司が聞くと、彼らは、まるで不謹慎なものを楽しむ子供のような表情になって告げる。

「行方不明者が何人か出てるって話だぜ。監禁されたりしてるってみんな言ってる」

「あれじゃね、生け贄《にえ》とかになってるんじゃね、魔女様とかの」

そう言って笑う彼らを前にして、司は苦笑した。やはり、今時魔女などというものは、恐怖と迫害の対象にはならなくとも、揶揄《やゆ》されるものなのだろう。だが、彼らが信じられないのもわかる。

「ありがとう。充分気をつけるよ」

司は立ち上がった。このことを、浅葱と話し合わなくてはならない。

「お…おう」

呆気にとられている彼らを前にして、司も教室を出る。浅葱の研究室のある棟へ急ごうと歩いていると、ふいにうなじがちり、と焦《こ》げつくような感じがした。

「――――」

足を止めて振り返った司は息を呑む。

渡り廊下の向こう、この時間は学生の通りが多いその場所には、どういうわけか誰もいなかった。

そこにただ一人、男が立っている。

――ジェイク。

この大学に急に現れた非常勤講師であり、河口湖で雪春と共にいた男。

「――やあ」

男は親しげに話しかけてきた。

「君も、ここの学生だったとはね」

「――知っていたんじゃないですか」

司はあえて踏み込むように言った。相手の出方を知りたかったのだ。だが男はそれには答えず、ただ口の端を上げて笑っただけだった。

「君は、素晴らしい力を持っている。雪春の、いい仲間となれるだろう」

「仲間？」

「あの子には君のような仲間が必要なんだ。宇市司君。君が私達の仲間になるのを待っているよ」

「ちょっ……！」

それはどういうことか、と問う前に、ジェイクの姿は消えていた。そしてそれが合図となったように、また廊下に人の姿が戻ってくる。皆何事もなかったかのように、一人で、あるいは連れだって、そこを通り過ぎていった。


「彼らの狙いは、もしかしたら俺かもしれないです。仲間に引き入れたい、みたいなことを言っていました」

「なるほど、ずいぶん積極的に来たな」

浅葱の研究室に行くと、彼はちょうど講義が終わったところで、スーツの上着を椅子の背にかけてから司に紅茶をいれてくれた。

「けれど、俺を仲間に入れたとして、いったい彼らは何をやりたいんでしょう」

「僕の予想が当たっていれば、おそらく復讐だな」

「――――復讐？」

物騒《ぶっそう》な単語が出てきて、司は眉を顰《ひそ》める。

「アメリカにいる知り合いから、今朝報告が届いていた。ジェイク・アダムスと雪春・アーカム――――。彼らは地元のマサチューセッツにおいて、若者の失踪事件に関わっている」

浅葱はプリントアウトされた書類を司に渡した。英文ではあったが、どうにか内容を読みとることができる。

彼らは廃教会を買い取り、そこを根城《ねじろ》にしていた。最初はそこでバザーを開いたり、日本でやっていたようなオーガニック系のフードなどを作って販売などをしたりしていたが、次第にそこはカルト的な集まりになっていった。若者が何人も家に帰らなくなり、その若者が新たな仲間を引き入れ、定期的にあやしい儀式のようなことを行っていたという。そしてある日、失血死した遺体が出た。警察が調べに踏み込んだが、すでにもぬけの殻《から》だったという。

「この事件の後に、日本に来たってことですか」

「おそらくそうだろう。彼らはなんらかの方法で君の存在を嗅《か》ぎつけ、接触するためにここまでやってきた」

「……どうして俺なんです？　他に魔女はいなかったってことですか？」

司は自分自身が、遠く海を離れた彼らに目をつけられるほどの魔女だとは思っていない。今のところは、司は未熟で不安定な魔女だ。だが、浅葱は言った。

「火力だよ」

「…火力？」

「雪春・アーカムが魔女だという可能性は高い。だが、彼が特化している能力はおそらく、魅了や幻覚といったところだ。君が林で迷い込んだ出来事からも推測できる」

司は浅葱の別荘のほど近くで道に迷い、彼らの拠点に招待された時のことを思い出した。あれが彼の能力なら、それはすごいものだと思う。

「そう。彼の力も興味深いものではあるが、攻撃力という点では見劣りがするのは否めない。それに比べて、君は炎が操れる。火は何よりも強い力だ。現に君は以前、教会に拉致された時、あそこにいた組織の関係者を一網打尽《いちもうだじん》にしてしまった」

「……」

司はその時のことを、よく覚えていない。だが、自分があの教会を燃やし、組織の過激派を退けたのは事実なのだろう。

「あの人達は、その力が欲しいというわけですか。人を傷つけるために」

「そういうことだろうな」

司の胸の中に苦いものが広がる。そのために彼らが司を仲間にしたいという話なら、迷惑なことだと思った。一人前の魔女になりたいと望んではいるが、わけもなく他者を攻撃したいわけではない。

「復讐、って言ってましたよね」

「ああ」

「いったい、誰に？」

彼らは誰に復讐したいというのだろう。

浅葱は腕組みをしてソファの背に身体を預けると、天井を見つめながら告げた。

「おそらく、今の人間に」

「え？」

「昔に魔女狩りで殺された先祖の仇《あだ》を討ちたいんだ。今の人間に」

「――――」

司には理解できなかった。それは、あまりにも漠然《ばくぜん》としている敵《かたき》討《う》ちではないのだろうか。

「だって、セイレムの魔女達を殺した人間は、今はいないですよね」

「当然だな。処刑に関わった人間の子孫を、というわけでもないらしい」

「それって、無差別に、ってことじゃないですか」

司もまた、ヨーロッパで無残《むざん》に殺された魔女の血を引く人間だ。だが、司は、今を生きる人間達に復讐したいとは思っていない。復讐が無意味というわけではなく、対象があまりにも広義に渡るからだ。

「だからこそ、君の炎が必要なんだろうな」

ということは、司は彼らの曖昧《あいまい》な復讐の片棒を担《かつ》がされるということになる。そんなのは絶対にごめんだった。

だが、彼らはどうしてそんなことをしようと思ったのだろう。同じ魔女の血族として、司は彼らに思いとどまって欲しかった。

「やっぱり俺、明日行ってきます」

「司」

浅葱は咎めるような響きの声で呼ぶ。

「このまま黙って見ていることはできないと思います」

すると浅葱は、おや、と言いたげな顔をした。

「魔女の自覚が出てきたのかな」

「そうしたのは、先生ですよ」

司を魔女として教育してきたのは、浅葱本人だった。それなのに浅葱は時々、司自身が自覚して動こうとするのを歓迎していない様子を見せる。心配なのだと彼は言うが、司自身の力を狙おうとする者がすぐ側《そば》までやってきているのだ。このまま逃げ回っていても、なんの解決にもならない。

「俺が自分の意志を持つのが嫌なんですか？」

「そういうことじゃないよ、司」

胸の中にわだかまっていたことをつい口に出してしまった司に、彼はいつもと変わらぬ穏やかな口調で言った。

「魔女といっても、その有り様は様々だ。特に、現代のようないくつも価値観がある時代はね。君がその力を利用しようとしている彼らに憤《いきどお》るのも無理はないが、おそらく話したところですぐに納得してくれる相手ではない。魔女の記憶は苛烈《かれつ》だ。恨みや憎しみを、誰にぶつけていいのかわからないのも仕方ない」

そういう相手に一人で対峙するのは賢明とは言えない、と浅葱は告げた。何から何まで正論だと思う。だが。

「先生はいつも、全部わかっていて、俺を導こうとしている」

司は彼のことが好きだ。浅葱の望むことなら、できれば叶えてやりたいとも思っている。けれど、浅葱には理想の魔女の姿というものがあって、司をその姿に当て嵌《は》めようとしているように思えてならないのだ。

「でも、先生が欲しいのは、魔女の俺なんですよね」

「司」

それは以前にも聞いた問いだった。もしも自分が魔女ではなかったら、彼はどうしていただろうと。浅葱はそれを、意味のない問いだと言った。仮定の話をするのは、彼にとっては言葉遊びでしかないのだろう。

けれど司には、意味がないとは思えない。もしも自分が魔女の血を引いていなければ、浅葱は司に触れなかっただろうから。

そう思うのは、間違いなのだろうか。

「……すみません。変なこと言いました」

いつまでもこんなことにこだわっているのは、愚かだとも思う。彼の言う通り、懸命ではない。

「今日は帰りますすね」

「司」

浅葱は呼び止めはしたが、追っては来なかった。それを期待しているなんて、本当に馬鹿みたいだ。自分の浅ましさに嫌気が差す。

帰って、一人になって、頭を冷やそう。

魔女だというのなら、こんな時に冷静になる魔法でも使えればいいのに、と思った。


浅葱の部屋に行かない週末なんて、久しぶりだった。

土曜日の夕方。いつもなら、彼の側で甘い時を過ごしている時間だ。

(先生、気を悪くしたかな)

嫌われてしまうのは、もちろん怖かった。けれど司はもう魔女として目覚めてしまった。それなら同胞とも言える彼らを、できれば修羅《しゅら》の道に進ませたくない。そして自分がそれに加担するのも、きっぱりと断らねばならなかった。

菅野と約束している時間までもうすぐだった。司は出かける準備をして、アパートの部屋を出る。すると、階下に見知った車が停まっているのが目に入った。

「…先生」

「やあ。君のいない週末はいささか味気ないよ」

浅葱はウィンドウを開け、いつものように微笑んで司に話しかけた。いつもの自分だったなら、そんな彼の言葉に陶然《とうぜん》としていただろう。

「おそらく行くんじゃないかと思っていたよ」

「反対するんですか」

「心情としてはイエスだ。だが、昨日君にああ言われて、僕も少し思うところがあってね」

目の前で車のドアが開かれた。

「近くまで送っていこう。乗りなさい」

「…はい」

ここで意地を張り続けるのも違うと思い、司は素直に車に乗り込む。

「思うところって、なんですか」

「僕は君に傷ついて欲しくない。心も、身体もだ。それは僕の単純な願いだよ」

ストレートな物言いに、思わずどきりとするのを止められなかった。

「それでも、君を魔女として目覚めさせた以上、僕には責任がある。魔女の力はこの世界が必要として生み出したものだ。人にはそれぞれ役割がある。それを君から奪ってしまうのは、フェアじゃないと思ってね」

「……」

「司が危険な目に遭うかもしれないという心の苦痛に、耐えることにしたよ」

浅葱はひどく意外なことを言った。それに驚き、居たたまれなくなっている司に、彼は続けた。

「君の力を信じる。だが、危ないと思ったらすぐに逃げるんだ。近くで待機している」

「……はい」

車が信号で止まる。その瞬間に、司は彼に肩を抱き寄せられた。唇に熱い感触。ちゅっ、と音を立てて吸ってきた唇は、すぐに離れた。

「無事に帰れるよう、おまじないだ」

「先生……」

わかってくれた。そのことが嬉しくて、胸がいっぱいになる。

信号が青に変わった時、するりと浅葱の腕が離れていった。それを名残惜しく思ってしまう自分を叱咤する。

（しっかりやらなくては）

ちゃんとできて無事に戻れるということを、浅葱に見せて安心させなければならない。

彼の助力を得られたことをこの上なく心強く思いながら、司は前方を睨み据えた。

菅野とは近くのコンビニで待ち合わせをし、彼女に連れられてサークルの拠点へ向かった。

「集会のことは、誰にも言わないでね」

「言ったら駄目なの？　俺を勧誘したのに」

そういうと菅野は照れたような表情になって顔を赤らめる。

「だって恥ずかしいもの」

「……？」

意味がわからなかったが、菅野が腕を取って先導するような行動を取ったので、つい流してしまった。彼女の積極的な仕草《しぐさ》に驚く。

菅野は表通りから外れると、車が擦れ違えないような裏通りに入った。その中の古い雑居ビルへと入っていく。

「もう始まってると思う」

菅野はエレベーターに乗ると、三階のボタンを押した。階数の数字の横には、すべて『dollminer』と記されている。

「このビル、全部『dollminer』の持ち物なの？」

「え？　うん…、そうじゃないかな」

管野はそこのところはあまり関心がないようだった。エレベーターはすぐに三階に着く。ドアが開いた時、司は思わず瞠目《どうもく》する。

目の前はひとつの大きなフロアになっていた。

照明は薄暗く落とされ、壁一面に暗幕のようなものが張られている。フロアの中央に、三十人ほどの人間が集まっていた。一見して若者が多いように見えるがよく見ると年嵩の人間も何人かいる。彼らは呪文のような言葉を口々に唱《とな》え、何度もひれ伏すように前後に身体を揺らしていた。むっとする熱気が押し寄せてきて、司は顔をしかめる。

(淀んでいる)

換気が不十分なせいかもしれないが、空気が濁り、邪気を孕《はら》んでいるように感じられた。欲望の念が強く漂っている。

「すごいでしょ」

管野は興奮を隠し切れない口調で司に囁いた。彼女にはこの光景が、単に盛り上がっているように見えるらしい。

「早く行こ」

「あ、管野さん……!」

管野に腕を引っ張られて、司は集会の中に紛れ込む。一段高くなった場所に誰かが立っていた。

その人物を見た時、司はゆっくりと息を呑む。

雪春だった。

彼は黒く長い、ローブのような衣装を着て、彼に傅《かしず》くように詠唱《えいしょう》を続ける集団を満足げに見下ろしている。ローブの隙間から、白い素足が見え隠れしていた。彼の背後には祭壇が設《しつら》えてあり、禍々《まがまが》しい置物や供物《くもつ》が捧げられている。一番上には、山羊の角を象《かたど》ったシンボルが飾られていた。司が以前魔女の集会の夢をよく見ていた時に出てきた悪魔の角とよく似ている。

壇上の雪春が両手を広げ、ゆっくりと下ろす。

「さあ、皆で歓喜の交合を」

雪春がそう宣言した時、司達の周りに変化が起こった。周りにいる者達が衣服を脱ぎ始め、抱き合い、性交を始めたのだ。

「きゃあっ…、あははっ」

隣で管野の高い嬌声が上がる。ぎょっとして振り返ると、管野が数人の男達に組み伏せられているのが目に入った。

「管野さ…！」

助けようとした司の身体が硬直する。彼女は服をはだけられ下着を下ろされながらも、抵抗する素振りは少しも見せなかった。自分から腕を回し、男の一人と濃厚に口づけを交わしている。

細い足が男の腰に絡んでいった。司はその光景から思わず顔を背ける。

「司」

ふと名前を呼ばれたような気がして顔を上げる。壇上の雪春と目が合った。その横には、いつの間にかジェイクが寄り添っている。

「……いったいこれはなんだ」

「見てわかるだろう。魔女の集会さ」

彼はフロアの中をまるで自分の王国のように見渡した。そこにいる者は、司を除いて皆、自分の快楽に夢中になっている。

「僕らの力の根源を解放するためのものだ。原初の魔女である君ならばわかるだろう？」

「彼らは魔女じゃない。こんなことをしたって、力など何も解放されない」

もしもなんらかの恩恵を受けられると信じ込んでこんな行為を重ねているのならば、それは徒《いたずら》に自分の身を貶《おとし》めているだけだ。そう訴えると、雪春は側にいるジェイクにもたれかかった。片腕を彼に回し、くすくすと笑いながら口づける。

「僕らの存在を世に知らしめるためだよ。不道徳は魔女が積極的に致すものだ。今の世界じゃこれぐらいはしないと不道徳とは言えないからね」

「……何故、この国に？」

「君がいたから」

雪春は即答する。

「強い力を持つ、原初の魔女の血を引く君が、この国にいたからさ。僕らはずっと探していた。セイレムで散っていった同胞の敵を討つための、破壊の力を持つ君を」

浅葱の言った通りだった。彼らは司の炎の力を利用しようとしているのだ。

「他にも理由はある。この国は霊的――というのか？　スピリチュアルな力が強く作用する。あの富士山という山は本当にすごい。おかげで力をずいぶん取り戻せた」

けれどそんなことは些末なことだ、と雪春は続ける。

「一緒に復讐しよう。この世界に。君だって、祖先がひどい目に遭わされただろう？」

「殺されたのは俺じゃない」

謂《い》われのない迫害を受け、殺された魔女達は確かに気の毒だ。以前よりも魔女という存在に対して感情移入している司は、当時の人間達に対して憤りも覚える。だが。

「遠い昔のことだ。俺達はもう、今を生きている。死んだ人達が安らかに眠ることを祈るしかない」

「……つまり、復讐などする気がないと？」

「最初からそう言っている」

きっぱりと司が答えると、雪春の背後の空気がゆらりと蠢《うごめ》いた気がした。

――――なんだ？

「平和ボケの日本人が言いそうなことだ」

美しい顔に歪んだ笑みを浮かべた雪春から、まるで塊《かたまり》のような魔力がぶつけられる。

「っ！」

「あんなにひどい魔女狩りに遭ったというのに――――、てっきり君は、協力してくれるものだと思っていたよ、司」

「…う、あっ……！」

頭の中に、何かが入ってくる。それは司の意志をねじ曲げ、奪い取ろうとしているかのようだった。鋭い頭痛と、吐き気をもたらす不快感に足元が揺らぐ。

「抵抗するともっと苦しくなるよ。僕の力は人の意識に直接作用する。大人しく意識を明け渡したほうがいいよ。できたら、自分の意志で協力して欲しかったけどね」

彼は司の意識を乗っ取り、自分達の意のままに操ろうとするつもりなのだ。

――――冗談じゃない。

そんなものは、魔女であるという自白を引き出そうとした奴らと変わらないじゃないか。

司の中に、怒りの炎が生まれる。

「く……っ」

今にも膝をつきそうになりながら、司は雪春を睨みつけた。すると、その一瞬、彼が怯《ひる》んだような顔をする。意識への干渉が弱まったような気がした。

「ジェイク」

雪春に命令され、ジェイクがゆっくりとこちらに近づいてくる。物理的に拘束されたらおしまいだという気がした。司は渾身の力で、意識を搦《から》め捕《と》ろうとする力に抗う。すると、身体の中から知らない力が湧き上がってきた。立っているのがやっとだった足が動くようになる。

「がんばるね。――――彼を捕まえて」

周りにいた男が、半裸の状態で立ち上がり、司に手を伸ばしてきた。そのほんの僅《わず》かな隙をついて、司はその場から飛び出すことに成功する。意識への干渉を振り切り、脱兎《だっと》のごとく駆け出した。

「逃げたぞ!」

「捕まえろ! 魔女様の前に突き出せ!」

背後から恐ろしい声が聞こえる。司は非常口を飛び出し、階段へ飛び出した。途端《とたん》に外界の空気が飛び込んでくる。今はそれが、泣きたいほどに懐かしく思えた。

「――――先生!」

階段を転げ落ちそうになりながら、司は浅葱を呼ぶ。何度か腕や肩を掴まれそうになったが、無理やり振り切って一階まで辿り着いた。その時、司の目の前に浅葱の車が滑り込んでくる。

「早く乗れ！」

「はいっ！」

開け放たれたドアに飛び込むと、車が急発進した。浅葱はそのまま猛スピードで道路を直進すると、人の多い表通りに出る。

「間に合ってよかった。大丈夫かい？」

「はい、なんとか……」

「非常階段から君の姿が見えた。逃げてくるならあそこだろうと、張っていてよかったよ」

浅葱は手を伸ばし、司の髪に触れた。

「本当に、無事でよかった」

その時司は、彼が本気で自分のことを案じていたのだと痛感する。安堵と同時に、涙が零《こぼ》れた。

「――――何もできなかった。逃げ出すのがやっとで」

自分の身を守ることすらままならない。これでは、自分の力を利用しようとする者に簡単に捕らわれてしまう。これまで浅葱が過保護なほどに司を守ろうとしていた理由がようやく理解できた。

「なんでちゃんとできないんだろう。自分が情けない」

涙声で自分に悪態をつく司に、浅葱は何も言わなかった。追手が来ないと判断した時点から、運転が慎重になり、司を運んでいく。

「とりあえず、僕の部屋に行くよ」

司は無言で頷いた。車はやがて見知った住宅街に入り、地下の駐車場に吸い込まれる。エンジンが切られ、車内が沈黙に包まれた。その時にはすでに泣き止んでいた司だったが、降りようとしない浅葱を不思議に思い見やる。

「司、クロアチアへ行ってみようか」

「――――え？」

「君のお祖母様に会いに行こう。魔女の先輩に」

あまりに意外な浅葱の申し出だったが、思わず頷いていた。

彼はいつも自分を驚かせる。けれど今日のそれは、自分を助けてくれるものだ。司はそう思った。

クロアチアへはフランクフルト経由で行くルートをとった。

祖母に会うのは、子供の頃以来だ。いったいどんな対面になるのだろう。

成田《なりた》空港で浅葱を待っていると、時間通りに彼は現れた。いつもはカチッとした服装をしている浅葱だったが、この日は黒いTシャツにジーンズ、白のジャケットという姿で現れた。黒いサングラスまでしていて、まるでハリウッドの俳優のようにも見える。

「やあ、お待たせ」

「あっ…、いいえ」

どきまぎしながら返事をすると、彼は司のスーツケースに目を止めた。

「それは機内に預けようか」

「そうですね、そしたらチェックインを……」

航空会社のカウンターに向かって歩く。司がそのままエコノミーの列に並ぼうとした時、浅葱に呼び止められた。

「こっちだよ」

「え？」

彼が指し示したのは、赤いカーペットが敷いてある、ファーストクラス専用のカウンターだった。

「え⁉　こっちですか⁉」

「クロアチアは遠いよ。エコノミーなんかで行ったら、君が疲れてしまう」

浅葱は当然のように司を促す。完璧な髪型とメイクをしたカウンターのクルーが、にこやかに手続きをしてくれた。慣れたような浅葱の対応にも、司は冷や汗をかく。大学の准教授がファーストクラスに乗り慣れるほど高給だとは思えない。資産家だと聞いたことがあるが、目の当たりにすると、浅葱という男は司が想像もつかないような背景を持っているのだと思う。

「宇市様。本日はご搭乗ありがとうございます」

広々としたシートに座ると、客室乗務員がわざわざ名指しで挨拶《あいさつ》に来てくれた。初めてのファーストクラスに半ば舞い上がりながら、司は隣の浅葱を見る。シートがほぼ個室のような作りなので少し離れているのだが、彼はいつもの鷹揚《おうよう》な態度でドリンクのサービスを受けていた。

「――――寂しければ、そっちに行こうか？」

「大丈夫ですっ」

浅葱の言葉に慌てて首を振る。まるで司の心を読んでいるようで、本当に、彼のほうが魔法を使えるのではないかと思ってしまう。

それでも離陸して一時間も経《た》ってしまうと、司はこの状況を楽しみ始めていた。興味のある映画を観たり、豪華な食事に舌鼓を打ったりして時間を過ごす。浅葱も時々司のシートを訪れ、話し相手になってくれたりした。

フランクフルトで乗り換え、ザグレブに着いたのは、日本を出てから十五時間ほど後のことだった。


クロアチアの首都、ザグレブの町並みをタクシーの窓から眺めながら、司は幼い頃の記憶を追っていた。

(確か、こうやってタクシーから外を眺めていた覚えがある)

あやふやな映像だったが、それは司の中にしっかりと残っていた。当時自覚なく発揮されていた魔女の力に、両親は悩み、偉大な祖母の助言を仰ぎに司を連れてやってきたのだった。そして今も、同じ目的でこの町を訪れている。

車はホテルのポーチで止まった。すぐにボーイが荷物を運んでくれ、司達は部屋に案内される。

もしや、と思ったが、ホテルの部屋はちゃんとツインだった。

「着いたばかりで疲れただろう。お祖母様のところに行くのは明日にしよう」

「わかりました」

本当は一刻も早く祖母に会いたかったが、自身のコンディションを整えて行ったほうがいいと思った。今は休むことが先決だ。ファーストクラスとはいえ、長時間の移動はさすがに疲れる。

「先生も疲れてますよね。早く休みましょう。お先にシャワーどうぞ」

浅葱を浴室に送ってから、司は荷物の整理をしようとソファに腰掛けた。するとたちまち睡魔が襲ってきて、耐え切れず横になってしまう。

――ほんとに来たんだなあ。こんな遠いところまで……。

そんなことを思っているうちに、瞼が下がり、うとうとと意識が沈んでいった。ややあって、身体がふわりと浮く感覚がする。

「こんなところで寝たら、風邪を引くよ」

そして快適なシーツの上にそっと横たえられて、上掛けをかけられた。

「おやすみ」

唇に乾いた感触。それは司のそれを軽く吸って離れていった。

一晩寝て疲れも取れ、熱いシャワーと温かい朝食で体力を取り戻した司は、浅葱を伴《ともな》って祖母の家を訪れた。車から降りると、古めかしい門構えを見上げる。

呼び鈴を鳴らすと、中年の女性が顔を出した。浅葱がフランス語で対応すると、にこやかな笑みを浮かべて頷き、中へ迎え入れてくれる。

「この家の主人の奥様だそうだ」

浅葱は今話したことを司に教えてくれた。通されたのは品のいい調度に囲まれた居間で、司は浅葱と共にソファに座って緊張して背筋を伸ばしていた。ややあってから、先ほどの女性が現れて浅葱に何事かを告げる。すると彼は立ち上がった。

「お祖母様の部屋へと行くように言われた」

女性のあとをついて廊下を進み、奥の部屋のドアが開けられた。身振りで入るように促される。まず浅葱が部屋に入り、それから司が続いた。

青い絨毯《じゅうたん》に、古びた家具。けれどそれらはきちんと手入れされ、大切に使われているように見えた。

そして部屋の奥に、椅子に座った高齢の女性がいた。顔には深い皺《しわ》が刻まれ、その髪はほとんど白く染まっていたが、意志の強そうな顔立ちの中の深い青の瞳はまっすぐにこちらを見つめていた。司はその眼差しの強さに一瞬息を呑む。

覚えている。自分は確かに、この目を覚えている。

「──お久しぶりね、司祭」

祖母は流暢《りゅうちょう》な日本語で、まず浅葱に向かって声をかけた。彼は慇懃《いんぎん》に深く頭を下げる。

「ご無沙汰しております。ご健勝のようで、嬉しく思います」

祖母は次に司に、視線を向けた。すると、その瞳の奥がふいに和《やわ》らぐ。

「司ね？」

「はい」

「……ずいぶんと大きくなったのね。会いたかったわ」

「お祖母様──」

祖母は司の背後にあるものをじっと見ようとした。

「──見えるわ。自分で決めたのね」

祖母はこれまでの司の行動を、その目で見ているのだろう。その中には、浅葱とのことも含まれているに違いない。居たたまれなくはあるが、それは覚悟していたことだ。

「お祖母様、相談したいことがあってここまで来ました」

祖母は頷いた。向かいのソファに座るように促された時、最初に案内してくれた女性がお茶を運んできた。全員にサーブし終わると、黙って部屋を出て行く。

「セイレムから来た魔女が、俺の前に現れました」

祖母も当然、セイレムで起きた魔女裁判のことは知っていた。

「あれも不幸な出来事でした。十九人が処刑されたとか」

「彼は、今の世界に復讐したがっているんです。そのために俺の力が必要だと言っていました」

けれど、と司は続ける。

「俺には、過去の魔女達の記憶が見えます。皆、無念だったと思います。けれど俺自身は、復讐など望んでいるわけではなく――」

司は普通に生きていきたい。そう思うのは間違いなのかと、祖母に告げた。

「だから、あの魔女に敵《かな》わなかったのでしょうか――」

自分が未熟だから、と続けた時、司は声が震えそうになった。浅葱に認められたい、失望されたくないと願っているのにこの様だ。もしかしたらそれは、復讐を望まない司に、過去の魔女が憤っているからではないだろうかとさえ考えるようになった。

「お前は間違っていませんよ」

けれど祖母は、静かな口調で、きっぱりと司に告げる。

「誰もお前の生き方を否定することはできない。――私は本当は、そこの悪魔にお前を渡したくなかった」

祖母の視線は浅葱に移っていた。彼は困ったように微笑み、祖母を見つめ返している。

「けれどお前達は出会い、お前は悪魔に捕らわれてしまった」

祖母は浅葱を悪魔と呼んだ。司も最初は彼のことをそう思った。けれど浅葱は悪魔などではなく、魔女を保護する教会組織の司祭だったのだ。だが、祖母は未だに彼をそう呼ぶ。

「それでもお前がそれを望み、かつ幸せであるならば、私は何も口出すことができない。運命とはそういうものです。お前の力は、あと少しで完全な形で表に出てくるでしょう。その力を何に使うかは、お前次第です。戦うのも、逃げるのも」

祖母の言葉を、司は一言も逃すまいと食い入るように聞いた。その昔司を助けてくれた祖母の言葉は、今回も司の中に静かな雪のように降り積もっていった。

「――やはり、この子を捕らえてしまったのね」

祖母は次に浅葱に向かって告げる。そして彼は悪びれなく答えた。

「そうすると決めていましたた。今さら誰にも渡すつもりはありません」

「この子を魔女に仕立ててどうするの？」

「どうも。私はただ愛《め》でるだけです。彼はこの上なく貴重で尊い存在だ」

――――それは、魔女としての司のことを言っているのだろうか。もう納得したはずなのに、心がまだわがままを言っている。素の自分を見て欲しいのだと。

だがそんな心情の司を前にして、二人の舌戦とも思えるやりとりは続いていた。祖母がため息をつく。

「私にそんなことを言いに、ここまでやってきたの？」

「まさか。あなたには見えているはずだ。その魔女の瞳で」

祖母は司に視線を移した。

「そうね――――私には見えるわ。この子が、大いなる炎を纏い、従えるところが」

ふう、と祖母が椅子に深く身体を預ける。

「もう年ね――――。力を使って、少し疲れたわ」

祖母は気怠い表情で、司を見て微笑んだ。

「お前はもう大丈夫のはず。この私の孫なのだから」

「お祖母様――――」

司は立ち上がると、祖母の皺の浮いた手を握った。硬く骨張ってはいるが、その手はあたたかかった。

「ありがとうございました。どうぞお元気で」

祖母はもう高齢だ。おそらく、会うのもこれが最後になるだろう。

「ええ。まだしばらくは元気でいるわ」

若い頃は相当に美しかっただろう祖母は、老いて尚その美を宿していた。これが原初の魔女。

自分はそれを受け継いでいかねばならないと、司はそう自覚したのだった。


「来てよかったろう？　君のお祖母様は、数少ない仲間だ」

「はい」

祖母の家を辞して、食事をしてからホテルに戻ってきた。浅葱の言葉に、司は素直に頷く。

「今まですごく迷っていたことが、落ち着いた感じです」

「おそらく僕では、君の迷いを払拭《ふっしょく》できないだろうと思ったんだ。悔しいことだがね」

「……魔女として生まれてきたということは、世の中に対して何かを働きかけないといけないのかと思いました。でも、雪春のような、世界に復讐するなんてことはしたくない。けれど彼にしてみれば、それが必要不可欠のことなのかもしれない」

だから自分もそうしなければならないのかと、一瞬は迷った。

「君なら多分、そんなふうに思うだろうと感じていた。けれど僕は君の力を引き出す手助けはしてあげられても、生き方まで決めてあげることはできない」

「さんざん自分の魔女にするとか言っておいて？」

「君が僕と愛し合うという事柄はすでに決められている。それとこれとは別の話だ」

浅葱の言い分に、司は思わず呆《あき》れてしまう。

「ずるいですよ」

「ずるくない。それ以外でなら、君がどんな結論を出そうが、僕はそれに従うつもりでいる。逃げるなら共に逃げよう。戦うのなら一緒に戦う」

目を瞠《みは》る司の前で、浅葱は続けた。

「そもそも僕は、この先の命を君と共に過ごすと決めているからね。そのことは、折りにつけて伝えているつもりだが？」

いつも行為の時に言われている睦言《むつごと》だろうか。離さないとか、ずっと君の中にいたいとか。司は思わず顔を赤らめた。やはり彼は悪魔的だ。こうやって司の心をかき乱す。祖母の言うことは正しい。

「ともかく、日本に帰るまでに少し遊んでいこう。せっかくここまで来たんだ」

「……呑気《のんき》すぎませんか？」

「呑気じゃないよ」

着替えようと上着をクローゼットに掛けようとした彼の背中を見ていた時、突然体内を何かが駆け抜けていった。

(————あ)

「……司?」

気がつくと、浅葱の背中に抱きついていた。頬がじんじんと熱くなって、心臓がどきどき高鳴っている。まるで発熱した時のようだ。

「……ずいぶん可愛いことをするじゃないか。その気になってくれたのかな?」

「あ……、ち、違…、ううん、多分……」

自分でもわけがわからなかった。ここしばらく、浅葱に抱かれていなかったからかもしれない。身体の奥が疼いて、肌がじんじんと脈打つ。

「力の目覚めかもしれないね」

浅葱は司の火照った頬に指を滑らせながら言った。

「魔女の本性が、快楽を欲しがっているのかもしれない」

またそれか、と司は唇を噛む。浅葱の腕を摑んで、強く握り締めた。

「本性じゃない!」

浅葱は驚いたように僅かに瞠目する。

「魔女とか、そういうのじゃ、なくて…、俺が、先生と、したい」

「――――」

浅葱は絶句したように口を引き結んだ。今のはまずかったろうか。自分が魔女であることを否定したようなものだ。浅葱にしてみれば、興ざめもいいところかもしれない。

「――――ごめんなさい」

司は彼から身を引こうとする。浅葱は魔女ではない自分には興味がないかもしれないのに。だが、司が身体を離した瞬間、今度は浅葱の腕が強く司を抱き締めた。腰が密着する。彼の股間は、熱く昂ぶっていた。

「あっ」

その様子に、司の声が上擦《うわず》る。

「君の言う通りだ、司」

浅葱の目の奥に、炎のような欲望が揺らいでいた。その瞳に捕らえられると、司は身動きができなくなる。

「今はそんなことはどうでもいい――――、君をめちゃくちゃにしたい」

司はあっという間にベッドに押し倒され、唇を奪われた。口の中に侵入してきた浅葱の舌に敏感な粘膜を舐め回され、背筋がずっとぞくぞくする。びく、びく、と身体を震わせながら、鼻にかかった甘い声を漏らした。

「んっ…、ぅ…ん、ぁっ…」

「もっと舌を出して」

「ん…っ、んくぅ」

彼の言う通りに舌を突き出すと、それをくわえられてじゅるる、と吸われてしまう。腰の奥が引き攣《つ》れるように収縮した。浅葱はそれをちゃんとわかっているように、司の下肢の衣服を乱す。下着の中に手を差し入れられ、すでに昂ぶっているものを握られて、腰が浮き上がった。

「あ、はっ…あんっ」

「足を大きく開いてごらん。もっと触らせてくれ」

司の足首がシーツの上で左右に滑っていく。大きく広げられた足の間でそそり立っているものが、五本の指に絡みつかれ、淫猥《いんわい》に扱《しご》き上げられた。

「あんんっ…、あっ…、いい…っ」

強い刺激が断続的に体内を駆け抜けていって、司は何度も背を反らす。その間も何度もキスをされて、唇が離れるたびに甘い声が漏れてしまう。浅葱の親指の腹で先端の蜜口の部分をくちゅくちゅと擦られて、腰に不規則な痙攣が走った。

「ああっ、そこ…っ」

「うん…？　ここが好き？」

優しく淫靡な囁きに、頭の中が蕩《とろ》けてとろとろになる。

「あっ、す、すき、変に、なるっ…」

「好きなら、もっとしてあげよう」

愛液でぬめった先端からくびれにかけてぬるぬると指を這わされると、下半身全体が痺れた。

快感のあまり、足の指をぎゅうっと丸めて、司は啜り泣きながら浅葱にしがみつく。

「あ、あ、あ、いく、イく…っ！」

「いいよ。いっぱい出してごらん」

鋭敏な粘膜をちゅこちゅこと虐められ、司は耐えられずに腰を痙攣させた。身体の奥底から、灼けるような波がせり上がってくる。

「ふあ、ア、あっ！　あぁぁあ――…っ」

ぐぐっ、と尻がせり上がり、司は蜜口から白蜜を噴き上げた。びゅくびゅくと放たれるそれは浅葱の手をしとどに濡らす。

「いい子だ。たくさん出したな」

「ん、や、うう…っ」

こめかみに口づけられ、目尻に滲んだ涙を舌先ですくい取られた。達した直後は全身がじんじんと脈打っている。その敏感な身体を、浅葱は余すところなく愛撫していくのだ。

乳首を舌先で転がされながら、最奥の肉環を指でこじ開けられる。

「んうう…っ、ああ…っ」

ヒクつく媚肉を広げられるようにしてこね回されると、もう駄目だった。快感を覚えた淫乱な肉洞が、もっと奥まで来て欲しいと疼いてうねる。浅葱が指を動かすたびに、くちゅくちゅと卑猥な音が響くのが恥ずかしくてたまらない。

「は、ああ、うっ、…んぅう――…っ」

「すごいな。指が食いちぎられそうだ」

「あ…っ、あっあっああっ！」

届く限りの奥をくにくにと刺激されて、司は中で軽く達してしまった。手足がびくびくと震え、内壁がいやらしく収縮する。

「ん…っんん～っ、あっ嫌だっ、抜かな…っ」

「指じゃなくて、もっといいもので犯されたいだろう？」

体内から指が引き抜かれるのを嫌がって首を振ると、浅葱に宥《なだ》められるように口づけられた。

ああ、そうだ。もっと太くて熱くて固いもの――、いつも自分を圧倒する、先生のものを挿れられたい。

「あっ、は、はや…くっ」

「上に乗ってごらん」

飢えて焦れる司に、彼は淫らな命令をした。浅葱の言う通りに、彼の腰を跨《また》ぎ、上に乗った司は、浅葱の股間《じ》から聳え立つ怒張を目にし、ごくりと喉を上下させる。

「ゆっくり呑み込むんだ。犯される瞬間を味わってごらん」

「あ、あ…っ」

肉環の入り口に、凶器の先端がぴたりと押しつけられる。それだけで、肉洞がじわっ、と濡れてくるようだった。震える腰をゆっくりと落としていくと、肉環がぐぐっ、とこじ開けられ、浅葱の太く張り出した先端をくわえ込んでいく。

「…っああ――――…っ」

挿入の瞬間は、たまらなくていつも泣き出してしまう。下腹の奥がきゅうきゅうと引き絞られて、入ってくるものに媚肉が絡みついて締めつけた。

「…っ素晴らしいよ」

浅葱が司の内部を褒め称える。

(先生が、俺の身体で気持ちよくなってくれている)

そのことが途方もなく嬉しかった。もっと喜んでもらいたい。そう思うのに、自分が感じすぎてうまく動けない。

「ん、ふ…っ、ああっすごっ…！」

ずぶずぶと音を立てながら奥へ奥へと呑み込んでいって、快感がじゅわじゅわと込み上げてきた。浅葱の両手が司の尻たぶを摑み、時々強く揉みしだかれると高い声が上がる。

「ああ、んっ！　んんっ…！　そ、それっ…！」

挿入されている状態で尻を揉まれると、内壁が彼のものとごりごり擦れてとんでもなく感じてしまうのだ。浅葱はそれをわかっていて、わざとそんなふうにする。

「だ、だめ、先生、ひゃ、あううっ！　ああっ！」

「駄目じゃないだろう？」

いきなり下から突き上げられて、一瞬頭の中が真っ白になった。下肢が、がくがくと震えて、つま先まで甘く痺れる。そのまま断続的に律動を刻まれて、司は耐えられずシーツに両腕をついた。

「はあっ…、あっ…、あう、んっ…！」

どちゅ、どちゅ、と突き上げられるたびに、脳天まで快感が突き抜ける。時折弱い部分をごりごり抉られると、背中を仰け反らせてひいひいとよがった。

「あ…っ、あぁ――――…っ」

口の端から唾液が零れ、司は無意識に濡れた唇を舐める。気持ちがよすぎて、思うように動けないのがもどかしかった。けれど浅葱のものは、司の好きなところを的確に刺激してくれる。

「ああ、あぁぁ、いい、いい…っ」

「司はすっかりいやらしくなったな」

淫らな振る舞いを指摘されて、恥ずかしさで身体が燃え上がりそうだった。

「だ、だって、ずっとこんな、気持ちいいこと、されたら…っ」

浅葱が司に施した卑猥な行為の数々は、司を淫蕩《いんとう》な生き物へと変えていった。もしかしたらこれが司の本性なのかもしれない。

「そうだね。僕が君をこんなふうにした」

「――――っあぁぁあっ！」

浅葱の男根が最奥をこじ開け、最も感じる部分を突き上げられて、大きく仰け反る。そのまま後ろへ倒れてしまいそうになった時、腕を摑まれて、浅葱が上体を起こした。そのまま組み伏せられ、重く力強い抽挿《ちゅうそう》に責められる。

「あっあっああ〜〜っ！」

その快感はとても耐えられるものではなく、司はひとたまりもなく達してしまう。弾けた白蜜

が、下腹を濡らした。

「ひ、い…っ、い、イってるっ、イっているからあっ」

達しているところをお構いなしに擦られ、ホテルの部屋に司の嬌声が響く。

「淫乱な君は最高に可愛いよ。もっと僕を魅了してくれ」

浅葱は自身を根元まで挿れた状態で、腰を回すようにして中を攪拌《かくはん》した。奥の壁をごりごりと刺激されてしまい。司はろくに声も出せずに喉を反らす。

「ぁ――――ひぃぃぃ……っ」

またイってしまい、司の肉洞が激しく収縮した。きつく締めつけると、浅葱の男根の形がはっきりとわかって、こんな凶悪なものに犯されているのだと興奮してしまう。

「またイった？」

「あっ、あっ、せんせえっ、気持ち、いい…っ」

恍惚として訴えると、額に汗を浮かべた浅葱は、嬉しそうに微笑んで司に口づけた。

「君は僕のものだ。他の魔女には渡さない――――」

浅葱は腰を引き、肉洞の入り口近くまで引き抜くと、また根元までずぶずぶと一気に腰を沈める。司は快感に啼泣しながらも、浅葱の腰に両足を絡めた。

「お…かしく、なる、う…っ」

「そういう君も可愛いよ」

浅葱は司が何度達しても、腰の動きを止めようとしない。頭と身体がぐちゃぐちゃになるような愉悦に揺さぶられ、理性も熔け崩れて、本能のまま快楽を貪る獣になる。そして浅葱がようやっと司の最奥で吐精した時、どうしようもない快楽と多幸感に襲われ、このまま死んでしまってもいいとすら思えた。


「……帰ったら、どうしようか」

嵐のような欲望が過ぎ去った後、浅葱は横たわっている司の髪をかき上げながら静かに問うてきた。

「多分、また来ますよね、あの人達」

「そうだね」

窓の外から、微《かす》かな車の音が聞こえてくる。今は何時頃だろうか。身体を重ねている間は時間の感覚がない。

「決着をつけるしかないと思います」

昼間の祖母との会話で、司はある種の覚悟を決めていた。

同じ魔女とはいえ、雪春の思考には賛同できない。仲間は欲しかったが、これぱかりはどうしようもないのだろう。

「もう、魔女として独り立ちしないと。いつまでも先生に守ってもらうわけにはいきませんから」

「寂しいことを言わないでくれ」

浅葱は困ったような顔をして首を振った。

「僕を置いていってもらったら困る」

「そういうことではなくて……」

司とて、浅葱と離れたくはない。

「この件は、なんというか…、魔女同士の問題、という気がするんです」

気怠く息をつきながらも、浅葱のほうに向き直って司は言う。

「俺は雪春のことを否定しなければなりません」

司はそのためにここまで来たようなものだ。そして、遠い異国まで連れて来てくれた浅葱には感謝している。

「…そうか」

浅葱は腑《ふ》に落ちたように微笑んで、司を見つめた。

「それなら、僕も君を助けよう」

「今までも助けて…」

「そういうことではないんだ」

浅葱は司の言葉を真似て告げた。

「僕は司の力となる。文字通りの意味だ」

「どういうことですか」

「今にわかるよ」

片目を瞑《つむ》り、浅葱はおどけたように答える。司は今ひとつわからなかったが、浅葱がそう言うのならそれでいいと思った。

浅葱と共にクロアチアから帰国し、講義に出席すると、菅野の姿が見えなくなっていた。

「……菅野さんは？」

司は近くの席の女子に訊《たず》ねる。すると彼女達は意外そうな顔をして司を見た。

「あ、司君も知らないんだ」

「…なんで？」

「だってあの子に勧誘されてたから。ってことは、例のセミナーに入らなかったんだね」

「なんかね、最近、あのセミナー絡みでおかしくなっちゃった人が多いんだって。だからそのせいじゃないかって話してたんだけど……」

自分があの時逃げたばかりに、彼らの魔の手はますます広がっていってしまった。司はそんなふうに思った。

これ以上彼らの好きにさせておけば、自分のみならず、皆の平穏な生活まで脅かされていってしまう。

即刻動かなくてはならない。だが、どうすればいいのか。

司は考えあぐねていたが、それは向こうからやってきた。講義が終わり、大学内を歩いていると、またあの、人がいなくなる現象がやってきたのだ。

「やあ。しばらく見なかったね」

廊下の向こうに、雪春が立っている。

「尻尾を巻いて逃げ出したんじゃなくてよかったよ。そうでなくちゃ、仲間として張り合いが持てない」

「俺は君の仲間にはならない。今の世界に復讐なんかしても無意味だ」

「そう。じゃあ、君がこの間一緒に来た子、どうなっても構わないっていうんだね？」

雪春の言葉に、司は眉を寄せた。

「お前、やっぱり菅野さんを……！」

「っていうかどうでもいいかな？　あんな子。君はあの先生さえいればいいんだものね？」

司の中で、激しい憤りが頭をもたげる。確かに菅野とはたいして親しくもない、友達といっても微妙なラインの女の子だ。だが、だからといって、その存在をいくらでも代えのきく駒《こま》のように扱われるのは不愉快だった。それでは、自分達魔女を排除しようとした、あの時の人間達とたいして変わりないではないか。

「今すぐにあの集団を解散させるんだ」

「そういうことは、僕より強くなってから言ってくれないかな」

雪春は挑発的に笑う。

「とりあえず、一緒に来てくれるかな」

「……わかった」

司が頷くと、雪春は勝ち誇ったように口の端をつり上げた。ついてくるようにと顎で指示をすると、背中を向けてさっさと歩き出す。

「――――」

司はポケットの中のスマホに触ると、急いで操作をした。それから浅葱の研究室のある棟に視線を投げると、雪春の後をついていった。

雪春の後について大学の裏口を抜けると、一台の車が停まっていた。運転席にはジェイクがいて、どうやら彼らは最初から司を連れて行くつもりだったようだ。

車は先日行った拠点ではなく、倉庫のような建物の前で止まった。中に入ると、十人ばかりの人間がいることに気づく。司は咄嗟《とっさ》に菅野の姿を探した。

――――いた。

彼女は床に座り込み、ぼんやりと虚空《こくう》を見つめていた。まるで自分の意志というものを奪われてしまったようだった。

「――――言っておくけど、彼女にはまだたいしたことはしていないよ」

雪春は菅野を一瞥してそう告げる。

「ただ、弱い人間は魔力の影響を受けやすい。彼女の自我のなさは格別だったよ。こういう人間は掃いて捨てるほどいる」

「……」

背後で扉が閉まると、中は薄暗い闇に包まれた。あたりには、食料品の原材料が積み上げられている。おそらく彼らの表の活動、『dollminer』の倉庫なのだろう。

「ひとつ聞いていいか」

「何？」

「どうしてそこまでして、今の世の中に復讐したいんだ」

司が問うと、雪春は口元にうっすらとした笑みを浮かべた。

「君には、子供の頃から魔女としての力があったかい？」

「……ああ」

司は幼少時代のことを思い出した。人の死を予知したり、見えてはいけないものや知らなくてもいいことがわかってしまったりということがたびたびあり、そのために一時期母親との関係まで冷え込んでしまった。

「僕もそうだった。子供の頃は今よりも感覚的な能力が強くて、ちょっとした予知とか、なくしものとか、…あと、病気の人を当てたりとか、時には治癒の力も発揮していた」

雪春には、司にはなかった人を治す能力もあったらしい。

「最初のうちはよかった。両親に言われるまま、近所の人の相談に乗ったりしていれば、褒められてご褒美がもらえたりしていたから」

彼の場合は司と違って、一時期でもその力が歓迎された時期もあったようだ。だが、それもいずれは不和を招いた。

「だんだんと両親が僕の力で金儲けをするようになった」

そうなってから、雪春の両親は息子を金を生むための手段として扱うようになる。そして雪春の力は噂となり、遠方からも人が訪ねてくるようになった。彼は遊びに行くことも許されず、人の悩みを聞き、病を探し、癒やすために力を使った。

だが子供の頃の力は不安定だ。雪春の予知はしばしば精度を欠き、また、人を癒やすこともできなくなった。

「そうなったら、両親は僕を厳しく叱った。どうして自分がこんなに怒られるのか、理解できなかったよ」

雪春の両親は結局それが原因のトラブルで離婚してしまい、彼は父親に引き取られることになった。

「それだけなら、まだよかった。けれど母と離婚してからの父は毎日酒を飲むようになって、時々僕を殴り、ある日――」

「よせ、雪春。言わなくていい」

彼の隣にいたジェイクが、雪春の話を遮った。けれど彼は首を振り、その先を続ける。

「ある日、僕を犯した」

「――」

司は息を呑んだ。雪春は今にも泣き出しそうな顔をしたが、やがてその表情も消えていった。

――ああ、そうか。

彼はずっと、その魔女の力によって苦しめられてきたのだ。司は祖母によって魔女の力を封じてもらったが、雪春はずっと自分の力と向き合わざるを得なかった。

「――都合のいい時だけ人の力を当てにして。それがうまくいかなくなったら、今度はこちらを責めて。あげくの果てに、欲望の対象だ」

歪んだ笑いが秀麗な顔に浮かぶ。

雪春にとっては、かつての魔女狩りの人間も、現代の人間も同じようなものなのだろう。彼がこの世界に復讐しようと考えるのも、わかるような気がした。

「――そうか。わかったよ。司に協力してもらうには、この世界を呪いたくなるようにすればいいわけだ」

だが、雪春の無邪気な声に、司ははっとする。周りにいた男達が、じりじりとこちらに近づいてきていた。

「僕と同じような目に遭ってもらえばいいんだ。もっとも、あの准教授に抱かれているみたいだから、時間をかけて思い知らせてあげよう」

「っ」

身の危険を感じ、司は後ずさる。内面の激情により、無意識に力を発揮してしまった前回の時とは違い、意識して行わねばならない。

それも、致命傷を与えないように、細心の注意を払って。

（大丈夫。俺はできる。原初の魔女なんだから）

意識を集中する。自分の中でイメージを作り、それを練り上げて放出する。

「うわっ！」

「熱っ！」

近づいてくる男達の前に炎の壁が出現し、彼らは慌てて後ろに下がった。

――――できた。

難しいコントロールだが、どうにか成功した。雪春の手下達は、炎に阻《はば》まれてこちらに近づけない。

「少しは使えるようになったみたいだね」

だが雪春が一歩前に出ると、司は頭の中を素手でこねられるような不快感を覚えた。その途端、炎の壁が消失する。雪春が司の意志を乗っ取ろうとしているのだ。

「う…！」

よろめいた司の背が、倉庫の壁にぶつかる。その瞬間にはっとなった時、雪春が近づいてくるのが見えた。

（駄目だ、まだ――――）

また自分は未熟なままで終わるのか。悔しさに唇を噛む。

このまま、また辱《はずかし》められてしまうのかと絶望した時、大きな音を立てて倉庫の扉が開く音がした。強い光が差し込んでくる。誰もがその眩《まぶ》しさに顔をしかめた。

「――――っ、先生」

司の側には浅葱がいた。彼は背中に司を庇《かば》うようにして立っている。

「間に合ってよかった。よく連絡してくれたね」

司はここに来る前、ポケットの中のスマホで彼に連絡していたのだった。そのGPSを追って、浅葱はここまでやってきた。

「浅葱准教授――――、教会組織の司祭か。いつか出てくると思っていました」

「同じ大学にいたというのに、やっと会えたな」

「司を手に入れるとすれば、いずれ彼の側にいるあなたを排除しなければならないと思っていましたからね。それにしても、教会の司祭が魔女と恋愛関係になるのは褒められたことではないのでは？」

「聞いたことがないね、そんな話は」

浅葱はまるで悪びれない様子で言った。

「君も魔女の力があることで日常生活に支障があったのなら、教会に保護を求めればよかった。君もなかなか興味深い能力を持っている。教会は助力を惜しまなかったろう」

浅葱がそう告げると、雪春の顔に怒気が浮かぶ。

「お前達の組織など、誰が信用するものか！」

雪春の鞭《むち》のような声が飛んだ。

「大人は皆都合のいいことばかり言って僕を騙《だま》した。信じられたのは、ジェイクだけだった」

雪春に影のように付き従うジェイクは、彼の力を利用しようとする人間の中で、ただ一人信用できる存在だったのだろう。

自分は幸運だったのだ、と司は思った。祖母譲《ゆず》りの青い瞳を持った容姿のせいで、周囲の目が気になったことはあれど、幼少期を除けばこれまでおおむね平穏に暮らしてこられた。

だが、雪春も今はジェイクという得がたい存在が側にいるのならば、これからは自分が幸せになることだけを考えて生きたほうがいい。

司は浅葱の背から、一歩前に出て言った。

「魔女の力を持って生まれたことは、誰のせいでもない。もう、自分が幸せになることだけを考えたほうがいい」

「――――都合のいいことを……！」

「都合のいいことじゃない」

司はきっぱりと返した。

「魔女の力を持っていたとしても、幸せになれる。昔とは違うんだ」

「……司は、幸せだと…？」

「そうだよ」

司は、背後の浅葱を強く意識する。

「この力のおかげで、先生と会えたから」

「その司祭は、どうせ君の魔女としての力が目当てなだけだ」

「そうかもしれない。――でも、それでもいい」

ずいぶん思い悩んできた。けれどもう、構わないのだ。

「俺が先生を好きなことには変わりないから」

「――」

雪春が怯む気配が伝わってきた。そして、背後の浅葱が息を呑む気配も。

「それでも俺を仲間に引き入れたいというのなら、こっちも死にもの狂いで抵抗する」

同じ魔女なのに、どうしてもわかり合えない。だが、それは仕方ない。生きてきた環境も授《さず》かった力も違う。ぶつかってでも、自分が守りたいものを守るしかない。

「――未熟な魔女のくせに」

キイ…ンと、頭痛が襲ってくる。雪春の精神攻撃は司の集中を乱し、力の制御を難しくさせた。このまま炎を出せば、またあの廃教会の時のように被害を大きくしてしまうかもしれない。

「――構わず力を振るうんだ」

ふいに浅葱が背後から司に囁いてきた。

「先生」

「制御は僕がやる。君は思い切りやれ」

両肩に浅葱の手が置かれる。何か不思議な力が流れ込んでくるような感覚に、司は頷いた。理由はよくわからないが、大丈夫だ、と感じたのだ。

右腕を前に出す。その腕を浅葱が握った。

「――――東の賢者、西の大王、鳥達は空を覆い、炎を連れて席巻《せっけん》す。力の天秤《てんびん》は遙かな時を経て血の道を通り、竜の地へと舞い戻る。この世の摂理、平定、虐殺とも覆い尽くし、異端の炎を司《つかさど》る」

浅葱が呪文の詠唱のような言葉を唱える。司はその瞬間に炎を顕現させた。先ほどよりも大きな炎が、破壊の波のように男達や雪春に襲いかかった。聞こえてくる悲鳴と怒号。炎が司の頬に照り返し、赤く染める。熱波が髪や服の裾をはためかせた。

「――――ああああ――――っ」

炎が雪春の身体を包んだ。彼は床に倒れると、身を焼かれる苦痛にのたうち回る。

「雪春!!」

ジェイクが上着でその炎を消し去ろうとした。司を拘束しようとした男達も次々と倒れ伏し、やがて炎も次第に収まってくる。

後には、静寂だけが残った。

無我夢中で炎を振るった司は、目の前の光景を見て瞠目する。床にも、壁にも煤《すす》ひとつついてはいない。倒れている男達も、ほぼ無傷だった。

「――――雪春！　雪春！」

「う……」

ジェイクに頬を叩かれて雪春が意識を取り戻す。彼の身体にも、衣服にも、どこにも焼けた痕跡はなかった。

「……今のは……？」

司は呆然《ぼうぜん》とする。浅葱を信じて行ったことだが、何が起こったのかはよく理解できなかった。

「ちょっとした魔法だよ」

浅葱は肩を竦める。

「君の炎を、概念上のものにしたんだ」

「先生が？」

「このスキルが、僕が教会でどんなわがままをしても許される理由さ」

どうやら浅葱もまた、なんらかの力を持っているらしかった。

「……どうして僕は焼け死んでいないんだ？」

自分の身体を確かめながら、雪春が呟く。彼もまた、今起こったことを理解できていない状態だった。

「絞首刑にされた上、火炙りにされるなんて嫌だろう？」

セイレムの事件の際、魔女とされた者はほぼ全員が絞首刑にされた。浅葱の言葉に、雪春は呆然とした表情を浮かべ、がくりとうなだれた。

これでわかってくれるといい。司は祈るような気持ちで雪春を見たが、彼は低い声で呟いた。

「もう、遅い――――、遅いんだよ……」

「……？」

何か、強烈な違和感が彼から漂ってくる。司は足の指先から凍りつくような悪寒が這い上がってくるのを感じた。

「まずいな、本体が出てきたか」

浅葱が低い声で呟く。その時司の目には、雪春から出てくる黒い霧状のものがはっきりと見えていた。それは雪春と、彼を抱きかかえるジェイクを覆い、次第に何かを象ろうとする。

それは角を持った動物のようでもあり、人のようでもあり、尾を持った魚のようでもあった。

「彼は、悪魔と契約していたんだ」

「え…？」

「その力を借りて、これまでやってきたんだろうな」

「あれは、悪魔なんですか――――?」

「限りなくそれに近いモノだ。教会は、これを懸念《けねん》していた」

凄まじい悪意が押し寄せてくる。司は恐怖に萎縮しそうになる自分の気持ちを叱咤していた。

意識を取り戻した男達が逃げ惑う。

「司、今度は僕はサポートできない。君一人であれを消すんだ」

「無理です!」

無茶なことを言われて、司は咄嗟に返す。あんな得体のしれないものを、どうやって倒したらいいのかわからない。だが浅葱は少しも慌てることなく言うのだ。

「君ならそう難しいことじゃない。あれはたいしてクラスの高い異形《いぎょう》ではない。君の炎なら、あれを異界へ追い返せる」

「そんな……」

魔物は、徐々に実体化しようとしていた。あれが完全な形になってしまったら、きっとひどいことが起きる。それだけは司にもわかっていた。

誰かがなんとかしなければならない。それができる力を持っているのが、この場で自分だけならば。

「────先生、離れていてください」

「ああ」

浅葱が一歩下がった。司は悪魔に向き直り、体内のスイッチを精査する。そうしろと誰かに言われたわけではない。ただわかるのだ。血が、司に教えてくれる。

『炎よ』

初まりの魔女が持っていた力。長い間司の中で眠っていたそれが、早く暴れさせろと言っている。司の足元に炎が生まれ、それがらせん状に身体を包み込んでいった。自分の中の安全装置のようなものが、バチン、と音を立ててオフになる。

炎が轟音《ごうおん》を上げて異形に放たれていった。黒い霧は超高温の炎に包まれ、またたく間に炭化していく。

「────グ、ぎ、ァ────ア────…！」

苦鳴が空気に轟《とどろ》く。放たれた圧に、司の炎が一瞬押される。

「────まだ…いける！」

火刑にされた魔女を殺した炎の力が、どうして自分に宿ったのか不思議だった。けれど、こんな時のためだった、とすれば、納得がいく。

（世界に復讐するならば、自分が幸せにならなければいけないんだ）

司とて、魔女の力に振り回されてばかりだ。けれどそのの力に呑み込まれてはいけない。祖母が言っていたのは、きっとそういうことだ。

炎は今や異形全体を包み込んでいた。黒い霧が焼け、床に落ちては消えてゆく。やがてその姿は徐々に小さくなり、後には雪春とジェイクだけが残った。炎は魔物だけを焼きつくし、何事もなかったかのような景色を取り戻している。

「……っ」

「大丈夫か?」

急に大きな力を使ったので足が萎《な》えたのか、ふらついた司を背後から浅葱が支える。

「平気です」

「…素晴らしい力だったよ」

彼の賛辞の言葉に、司は小さく微笑んだ。

「彼と契約していた悪魔を異界へ追い返したせいで、あの魔女は以前ほどの力を使えなくなっただろうな」

そう言われて、司は雪春を見た。彼は意識を取り戻していて、呆然とした体《てい》で虚空を見ている。

そんな彼に、ジェイクが語りかけていた。

「もうよそう、雪春。どこでだっていい。二人だけで暮らそう」

「ジェイク……」

「お前の願いは叶えてやりたいと思っていた。だが、こんな方法じゃお前は幸せになれない」

雪春は再び目を閉じ、次に開けた時は司のほうを見ていた。

「とんでもない力だね」

「……」

「過ぎた望みも力も、破滅を招くだけか……」

雪春はため息まじりに呟いて、泣き出す寸前のような顔で笑った。そんな彼を、ジェイクが強く抱き締める。

「行こう」

浅葱が司の手を握った。

「彼らはもう、余計なちょっかいは出してこないと思うよ。教会のほうには、適当に報告しておこう」

「はい」

司は頷き、彼と共に倉庫を出る。いつの間にか夜になっていて、空では星がまたたいていた。

「司はもう、立派な魔女だね」

浅葱のマンションの部屋に来ると、彼は笑いながらそう言った。

「むしろ僕の予想以上だ。お祖母様に会いに行った甲斐《かい》があったね」

「俺が立派な魔女になったから、先生は俺のことを好きでいてくれるんですか?」

司にとって、それはもう重要なことではなかった。ただ、以前の自分のために聞いておきたいことではある。浅葱が自分のどこが好きであっても、彼がこちらを向いている間は側にいたかった。

そう言われると、彼は困ったように笑って言った。

「どうすれば信用してもらえるのかな」

浅葱はソファに座り、司をおいで、と手招く。浅葱の許に近づくと、彼の膝の上に抱き上げられた。

「僕は君のことを、純粋に可愛いと思っているよ」

「それは何回も聞きました」

「そうか」

浅葱は肩を竦める。

「以前にも言ったが、魔女というのは君の属性のひとつだ。そう、足が速いとか、歌が上手《うま》いとか————、君を作り上げているあらゆる要素の中で、魔女である、という部分が、一番好ましいと思っている————。そういうことだよ」

そこで浅葱は、いや、待てよ、と話を中断した。

「司のその、青い瞳や、綺麗な顔立ち、それから僕に抱かれている時に、とても淫らになる、そういうところもとても好きだし、何より君という存在は非常にエキサイティングだ」

「あっ」

浅葱の手が司のシャツをめくり、素肌に手を這わせてくる。敏感な肢体がびくん、と反応し、彼の膝の上で背中が仰け反った。

「こういうことで……ごまかさないでくださ…っ」

「ごまかしてなんかいない」

浅葱の大きな掌《てのひら》が、肌の感触を慈《いつく》しむように撫で回してくる。

「できるなら一日中抱いて、何度もイかせて泣かせてあげたいと思っている」

「……死んじゃいます……」

司は浅葱に抱かれるたびに、深すぎる快感に溺れ、死にそうになる。

「もしかしたら、この先もこういうことが起こるかもしれない。司の力は、それくらい希有《けう》なものなんだよ」

浅葱は言いながら、司のボトムのベルトを外し、前を広げた。どんどん進められる行為に、真っ赤になって身を捩《よじ》る。浅葱はごまかしていないというが、こういうことをされると、司は何もかもどうなってもいいという気になってしまうのだ。

「君はもうとても強いから、僕の助けなどいらないかもしれない。けれどたとえ君に懇願しても、側にいたいと願うよ」

「せんせい…っ、あっ、んっ…！」

不埒《ふらち》な手が下肢の衣服の中に忍び込み、下着越しに足の間を包み込まれる。その快感と言葉に、陶酔《とうすい》と興奮が同時に押し寄せてきた。求められている、という感覚が、性感をより鋭敏にさせる。

「好きだよ、司――――、君は僕の運命だ」

「んんっ…！」

愛の言葉と、それ以上に熱烈な口づけが司を襲った。舌根が痛むほどに強く吸われたかと思うと、次にはねっとりと舌の裏側を舐め上げられる。

「……っ、は、ふぅ…んんっ」

足の間は相変わらず下着越しに撫でられ、優しく揉まれて、じわじわとした刺激が下半身を支配しようとしていた。

「…だ…め、先生…っ、下着、濡れちゃ…っ」

「新しいのを用意してあげるよ」

駄目、と言って彼が止まってくれたことなどなかった。それどころか、五本の指がますます卑猥に股間を弄《もてあそ》んでくる。

「……司、シャツを上げてくれないか」

はあ、はあと喘ぎ始めた司の耳元で、浅葱が囁いた。

「君の乳首を舐めたい」

「……っ」

恥ずかしい要求に、腰の奥がきゅうっ、と収縮する。それでも司の手は従順に、自らの衣服を布の上までたくし上げた。現れたふたつの突起は、刺激と興奮にもう勃ち上がっている。

「可愛らしいね。舐めて欲しがっているようだ」

「ん、ん…っ、先生、なめて…っ」

司は浅葱の前で胸を突き出すように背を反らせた。すると舌先が伸びてきて、ぷつんと硬くなった突起を弾くように舐め上げられる。

「はう、うっ…」

「もうこんなに尖らせて」

「…だっ、て、せんせいが、いやらしいこと、するから……っ」

「ふふ、そうだね」

ちゅうっ、と音を立てて乳首に吸いつかれ、司は小さく悲鳴を上げた。乳暈《にゅううん》ごと強く弱くしゃぶられると、腰が動いてしまう。

「あ、んっ…、ああ…っ、ふあっ！　んっ」

時折軽く歯を立てられると、高い声が出てしまう。その後で宥めるように優しく舐め上げられて、蕩けそうになった。

「ああ…もう……っ」

股間は相変わらずやわやわと刺激されて、司の肉体はたちまち絶頂寸前まで追い上げられてしまう。浅葱の膝の上でしなやかな身体があやしく身悶《みもだ》えした。

「あ、いく…っ、も、イくぅう…っ」

快楽を訴える切ない喘ぎが零れ続ける。浅葱にほんの少し愛撫されただけでも、司の身体は火がついたように燃え上がってしまうのだ。

「イくの、我慢できないのかい？」

「んんっ…、できな…っ、だって、きもちいぃ…っ」

刺激されている司の股間は、先端からあふれた愛液で、もう布地と、それを触っている浅葱の指まで濡らしている。本当は、直に握って思い切り虐めて欲しかった。けれど乳首への刺激とそれがひとつになり、身体の内側がどうしようもなく痺れてしまう。

「いい子だね。素直だ。このままイってごらん」

「あうう、あっ、ああ……っ」

堪え切れずに、腰ががくがくと揺れる。もう片方の乳首も舐められ、吸われて、司は極めてしまった。

「んぁあ、あ、あぁぁあ……っ！」

泣くような声を上げて幾度も喉を反らし、司は下着越しにびゅくびゅくと吐精する。その瞬間に乳首を甘噛みされ、頭の中が真っ白になった。

「あぁ――――あ」

「……下着がずぶ濡れになってしまったな」

脱ごうか、と言われて、まだ息の整わない身体をソファの上に横たえられる。そこでボトムと下着を脱がされ、明るい光の下に恥ずかしい姿を晒されてしまった。

「足を開いて」

「いや、だ…っ、明るい、恥ずかし……っ」

そう訴えると、浅葱は口元を歪めるようにして笑った。司を抱く時だけ時折見せる、彼が欲望を剝《む》き出しにした時の笑み。

「君の慎ましいところはひどく魅力的だよ」

「あっ」

浅葱の手が膝頭にかかる。左右にかかる力に、脱力している司の足は耐えられない。

「けれどね、そういう言動は男を煽《あお》るだけだ。覚えておきなさい」

「ああ……っ！」

必死の訴えにもかかわらず、すらりとした足が大きく割り開かれた。白蜜で濡れた、恥ずかしい場所を露にされて、司は羞恥に悶え泣く。

「素敵な光景だよ。君の可愛い小さな口がパクパクしているところもよく見える」

「っ、ひっ…」

先端の蜜口を指先でつつかれ、腰がびくん、と跳ねた。

「舐めてあげよう」

「ああっそんなっ…、あっ、あ――――～～…っ」

浅葱の頭が司の足の間に沈むと、腰骨が灼けつきそうな快感が貫く。出したばかりのものを口淫されるのはたまらない。刺激が強すぎて、脳髄が蕩けそうになる。

「あう、ア、あ、あんんん……っ」

口の中でねぶられながら吸われて、身体の芯が引き抜かれそうな感覚に陥《おちい》る。司はソファに爪を立て、かぶりを振りながら快楽の責めに耐えた。浅葱は司の張りつめた内腿を指先で撫で上げ、双果も弄ぶようにくすぐってくる。そんな淫らな愛撫に、司が堪えられるはずがなかった。

「ああ、うぁあ…っ、も、もう、許し……っ」

「駄目だよ。今度は少し我慢してごらん」

とっくに達しているはずの快感なのに、司は蜜を吐き出せないでいる。浅葱の指が、司自身の根元を縛《いまし》めて封じているからだ。それなのに彼の舌は容赦なく、裏筋を擦り上げたり、くびれの部分を舐め回したりしている。

「っ、あっ、あっ、ひぃい……っ、〜〜っ」

気持ちがいいのに苦しい。浅葱に抱かれている時に、よく陥る感覚だった。まるで快楽で拷問されているような。それでも司は、そのつらさを愉悦と興奮に変換してしまう。理性と引き換えにして。

「そら、ここが好きだろう…？」

とぷとぷと愛液を零す蜜口を、舌先でぐりぐりと穿《ほじ》られる。身体が浮き上がるような快感が襲ってきた。

「あ、あーっあっあっ！　す、すき…ぃい…、も、もっと、そこ、虐めて…っ」

はしたなくねだるのを止められない。淫蕩が本性である司の身体は、浅葱に虐められるのが何よりも好きなのだ。

「こうかな？」

浅葱は蜜口の周りをちろちろと舌先でくすぐりながら、ふいにさっきのように中にねじ込むようにして責める。そうされると、司は尻を浮かせ、ひいひいと泣きながらよがった。後孔の入り口まで指の腹で撫で回されると、もうわけがわからなくなるほどに感じ入る。

「や、い、イくうっ、出せな…のに、いくうう……っ」

吐精を無視した絶頂が司を押し上げた。仰け反った喉からあられもない声が迸り出て、抱え込まれた腰をがくがくと痙攣させる。

「〜〜〜〜っ」

（灼ける。腰、とける）

快楽神経を火炙りにされるような強烈な快感に、背中にびりびりと電流が走った。吐精のない絶頂はなかなかおさまらない。司は長い時間、もどかしさを伴う快楽に耐えなければならなかった。

「……出さずにイけたんだね」

浅葱は司の根元からそっと指を離す。それまで嬲られていた司のものは、苦しそうに硬く張りつめたままでそそり立っていた。震えながら先端から涙を流しているそれは、ひどくいやらしい。

「あ、あ……っ」

司は生殺しにされたまま、どうしていいのかわからずにわなないている。確かに達したのに、行き場のない熱が体内を駆け巡っていた。

「すごいな。つらそうだ」

「ん、ううっ！」

裏筋を指先でつうっ、と撫で上げられ、司の腰がびくん、と跳ねる。封じられたままずっと虐められたそれは、もう決定的な刺激がないと射精できない。それなのに浅葱の指先は、司の双果や後孔の入り口などを優しく執拗《しつよう》に触れ回る。

「あ、ひ……っ！　あぁあ…っ、先生、お願…っ、もう、ゆるして…っ」

「何をして欲しいんだい？」

司はひくひくと喉を震わせながら涙を流した。彼の望む言葉を言わないと、決して許してはもらえないからだ。

「出させ、て、くださ…っ」

「それなら、僕のものになると誓うかい？　生まれ変わっても、永久にだ」

魔女の血が連綿《れんめん》と続いたように、この執着も永遠のものとしたい。

「他の誰を見ることも許さないよ。もしも逃げたら、きっと地獄の底まで追いかけて捕まえるだろう」

司の存在を予言され、出会うことを夢見て、ずっと待ち続けていたように。そんな呪いのような恋を、彼は求めているのだ。

「――何…言って…」

けれど司は、浅葱の言葉に首を振る。

「先生は、最初っからそうするつもりだったじゃないですか――。俺は、とっくに、覚悟はできて――…」

「――司」

「連れて行って」

地獄の底まで。

司は震える腕を浅葱に伸ばした。すると、背骨が折れるのではないかと思うほどに強く抱き締められる。

「司――」

浅葱の頬が、司の濡れた頬に擦り寄せられた。

「そうだったね。君は、健気《けなげ》で強い子だ。魔女の運命に怯えることはあっても、決して逃げたりはしなかった。司がそんな子だったから、ますます君の虜《とりこ》になったんだ」

浅葱は悠然と微笑む。

「それなら、一緒に地獄に堕《お》ちようか」

浅葱は衣服を寛げると、己の太いものを引きずり出した。相変わらずの威容に、後ろが濡れる思いさえする。その男根が後孔の入り口にぴたりと押し当てられ、司の股間のものが彼の手に握られた。

「あ、はっ…」

声が上擦る。きっともうすぐ、とんでもない快感がやってくる。

「――――ああんんんうっ」

ずぶずぶと音を立てながら一気に入れられた。同時に、陰茎も強く扱き上げられ、射精と挿入の快感が同時にやってくる。

「ひ、ア、あぁあ――――っ！　～～っ、～～っ」

勢いよく噴き上がった白蜜が、司の下腹や胸元に飛び散った。精路を白蜜が勢いよく駆け抜けていく感覚だけでも耐えられないのに、肉洞を貫かれ、感じる粘膜を容赦なく擦られる。

「あっ、うぁあっ、いっ、いい……っ、ああ…っ」

いつになくたぎり、ごつごつとした怒張に、容赦なく優しく執拗に責められた。ほんの少し媚肉を擦られただけでも我慢できないのに、彼は気持ちのいい場所を的確に狙って突いてくる。

「あ、そ、そんなっ、駄目なとこ…ばっかりっ……」

「僕は普通に動いているだけだよ…。君の中が感じやすすぎるんだ」

そんなことない、と言いたかったが、浅葱が入っているだけでも気持ちがよかった。浅葱のものを嬉しそうにくわえ込む司の肉洞は、律動のたびに悶えるようにわななく。

「だ、だって…、あうう…っ、先生の、よすぎる、から…っ」

「嬉しいことを言ってくれるね」

それならもっと悦ばせてあげないと、と、浅葱の突き上げが深く、重くなった。

「あう…っ、あぁぁあ……っ」

ずうん、ずうん、と深いところを突き上げられ、司は快楽のあまりに恍惚となる。

「い…く、イくの、止まらな……っ」

「いいよ。好きなだけイってごらん」

許されてしまうと、身体の箍《たが》が外れたように何度も達してしまった。吐精を伴う時もあり、出さないでイく時もあり、自分の肉体がどうなっているのか、もうよくわからない。浅葱も司の体内で何度か射精し、その精が中で攪拌されて、繋ぎ目が白く泡立った。

「司……、奥を、許してくれるかい？」

「あ、ん、んう…っ、い、いま、来られた…らっ」

ただでさえ感じすぎて変になっているのに、この状態であそこに入られたら――。

司の身体に、甘い戦慄が走った。どうせ淫蕩な魔女であるならば、とことんまで抱いて欲しい。

「き、て…、せんせい、奥まで…犯して……」

「ああ…、いくよ」

大きな手で頭を撫でられたかと思うと、浅葱はこれまでよりも深く腰を沈めてきた。ごちゅ、と卑猥な音がして、最奥の場所がこじ開けられる。その瞬間、意識が白く濁った。

「――！　ひ、ア、～～～っ」

絶頂がずっと長い間続いている、そんな感覚だった。司の最奥の媚肉は浅葱のものに吸いつき、その精を寄こせと絞り上げる。彼の喉から、苦痛に耐えているような呻《うめ》きが漏れた。

「い、ア、ああ――…、すごい、すごい――」

「ああ…、まるで、天国にいるようだ…っ」

地獄へ堕ちたり天国へ行ったり、忙しい。

(どっちでもいい。先生と一緒なら)

この先、この世界が終わるまで共に在《あ》りたい。こんなふうに二人で、淫蕩な快楽に耽って。

そんなことを願ったら、いけないだろうか。

「ああんん、んん――――……っ」

また新たな極みが訪れて、司は嬌声を上げた。すると口を塞がれて、まるで貪られるような口づけに襲われる。呼吸を奪われて、苦しさと快感がないまぜになった。けれど、この上なく嬉しい。

「……先生、すき……ぃ、っ」

息も絶え絶えの中でそう訴えると、浅葱はいつものの、余裕のある風情《ふぜい》をかなぐり捨てたような汗にまみれた顔で微笑んだ。

「僕のほうが好きだよ」

どうしてそんな、ずるいことを言うのか。

抗議しようとした司の口は、また彼に塞がれて、その言葉を奪われてしまった。

こんにちは。西野花です。「魔女の血族　運命の蜜月」を読んでいただき、ありがとうございました。皆様のおかげで、続編を出していただくことが出来ました！　本当はもっと早くに出る予定だったのですが、私がふがいないせいで遅くなってしまい、申し訳ありませんでした。でもやっと世の中に出すことができて、嬉しいです。

この話のキモとなっている部分は、やはり『魔女』というモチーフと、自由奔放な浅葱先生とそれに翻弄される受けの司だと思います。浅葱は私が書く攻めの中でもかなりエキセントリックなキャラなのですが、それが笠井あゆみ先生の手でキャラデザされると、超弩級のイケてる攻めになってしまいました。司も魔女として成長したことですし、この二人はもう最強なんじゃないですかね。普段あれだけ自由に振る舞っている浅葱が、最終的には司の意志に従うつもりでいるのが私的な萌えポイントです。笠井先生、いつも大変萌えるエッチな絵をありがとうございます……！　可愛らしいラフの時点から楽しんでおります。

担当様にも本当に親身になっていただいてありがたいやら申し訳ないやらの気持ちでいっぱいです…。せめて次はクズな私からは脱却したいと切に願っております。

さてこの本が発売される頃には、世の中も少しは落ち着いているでしょうか。旅行が好きな私ですが、それがすべて封じられてしまい、動画サイトなどで素敵な観光地を指をくわえて眺める毎日です。そう遠くないうちにまた遠くにお出かけできればいいなあと思っている次第です。

色々と不安な点もありますが、それでも毎日を楽しく過ごすことが大事ですね！　そんな皆様にこの本を読んで少しでも楽しいとか萌えたとか思っていただければめちゃくちゃ嬉しいです。

そして六月は私の誕生月でもあります。もう自分の年は数えませんが、健康を大事にしたいと思います…もうそんな年です…。あまりにも運動不足なのですが、リングフィットアドベンチャーが入手できないので解消できません。

それでは、またぜひお会いしましょう。

西野　花

【Twitter ID】hana_nishino

初出一覧

魔女の血族 運命の蜜月　／書き下ろし

ビーボーイスラッシュノベルズを
お買い上げいただきありがとうございます。
この本を読んでのご意見・ご感想をお待ちしております。

〒162-0825 東京都新宿区神楽坂6-46
ローベル神楽坂ビル4F
株式会社リブレ内 編集部

アンケート受付中
リブレ公式サイト https://libre-inc.co.jp
TOPページの「アンケート」からお入りください。

SLASH
B-BOY NOVELS

魔女の血族 運命の蜜月

2020年6月20日 第1刷発行

■著 者 西野 花

■発行者 太田歳子
■発行所 株式会社リブレ

〒162-0825 東京都新宿区神楽坂6-46 ローベル神楽坂ビル
■営 業 電話／03-3235-7405 FAX／03-3235-0342
■編 集 電話／03-3235-0317

■印刷所 株式会社光邦

Printed in Japan
ISBN 978-4-7997-4671-4